独角马 · 中篇轻读文库

独角马·中篇轻读文库

我本善良

王祥夫

海峡出版发行集团 | 海峡文艺出版社

目录

我本善良

驰向北斗东路

我本善良

一

吴美芳在里边服刑不觉已是一年，监狱里的春节也是春节，犯人们也要欢度一下，要会餐，要张灯结彩，还要演出犯人们自己编排的节目。分给吴美芳的任务是去帮厨，去包饺子，另外几个帮厨的女犯人有说有笑，而吴美芳却突然落下泪来。

"别哭，好好表现，争取减刑，到时候也许还能赶上你儿子的婚礼。"

旁边的一个女犯人对吴美芳说。

吴美芳哭得更厉害了，泪水打湿了手里正在包的饺子。

"再哭你那饺子都咸得不能吃了。"

旁边的另一个女犯人说哭有什么用？做人要硬气一些。

吴美芳再也忍不住，放下手里的饺子，掉过脸，开始号啕大哭。

二

去年冬天，虽然没下雪，但在吴美芳的心里却是最寒冷的。八月到十二月，已经过去了四个多月，吴美芳再伤心也不得不接受那个事实，那就是她的大儿子翔宝为救马来亚的儿子把自己的一条命丢掉的事实。吴美芳的男人刘大宝，要吴美芳想明白一个道理，那就是翔宝的死实际上是替他们两个减轻了负担，"两个儿子现在只剩下飞宝一个，负担还不是减轻了一半？"不但如此，坏事变好事，如果真能向马来亚索要三十万赔偿，那套房子的钱也就有了。"我儿子的一条命换一套房也值！"刘大宝说。

吴美芳两眼睁老大，当即骂出口："刘大宝你吃屎啊，居然能说出这种屁话！"

"好好好！"刘大宝说吃屎归吃屎，但这事可不能便宜了马来亚。

"谁说要便宜他？"吴美芳说那是我儿子的一条命！

"明白这个就好。"刘大宝说咱们翔宝本该活七十年、八十年，谁想他活了十五年就走到头了，这十五年你容易还是我容易？咱们把多少钱都花在他身上了，现在就像是竹篮子打水。刘大宝停停，喉结上去，又下来，下来，又上去，然后一句话才重重说出口："就是打不上水，也不能把竹篮子丢了！"四个月来，刘大宝一直在做一件事，那就是又上网又查报纸，刘大宝现在心里有了数，出了这种事，马来亚那边最少也得给三十万赔偿。

那天，刘大宝说是要陪吴美芳出去散散心，硬拉上吴美芳去看了一回房子。房子在大正街靠近二纺那一带，属棚户改造，好不到哪里。但站在这里往远看可以看到北边的竹家山，还有山下那条日见窄细的平江。往下看，是大正街，街上热闹得很，既有菜市场，又有超市，买东西倒是方便，住在这里最大的好处就是可以天天到下边超市去买处理货，超市总是隔三岔五在快下班的时候处理掉一些过期食品，面包、蔬菜、肉类什么都有。除了离超市近这一大好处外，刘大宝拍拍阳台栏杆对吴美芳说这个阳台整天都能见太阳又是一大好处，我们农科所有的是种子，到时候在阳台上种七八盆蔬菜，不用花钱天天都有新鲜蔬菜可以吃。

吴美芳良久说出一句话："住在这里，天天让我想儿子，我早死也算！"

刘大宝说："你就当没生他。"

吴美芳叫起来，"生他的时候你当然不痛！"

刘大宝闭住嘴巴，心里说，女人生孩子男人当然不痛。

两个人站在阳台上一时无语，好一阵子刘大宝又指着南边让吴美芳看，南边是二纺，紧挨着二纺是那一大片苏联楼，那苏联楼的岁数恐怕要比吴美芳都大，现在也要拆了，住户在秋天的时候都已经陆续搬走了，门窗都已被人卸掉，房顶上那个大水箱的盖子打开着，有七八只鸽子在上边落着。

"可惜那大水箱搬不下来，搬下来做个储藏室倒不错，能放许多东西。"刘大宝说。

吴美芳把脸转向那边，房顶上的那个大水箱真是不小，像间小房子。

"美芳你再看那边，我们农科所的那栋楼据说也要拆了重盖。"刘大宝又住北指了指，农科所就在大正偏街，马来亚的水产店也在这条街上。

"那家伙明天晚上想请咱们吃辣火锅嘎

鱼。"刘大宝说。

"我不去。"吴美芳说。

"你不去他未必就能省下。"刘大宝说。

"别说吃饭，说能给咱们多少赔偿吧。"吴美芳说。

二

马来亚这天订的饭店就在平江边上，饭店老板是马来亚的同乡，在那里吃饭，马来亚可以多打一些折。晚上的饭局刘大宝一个人去了，回来的时候却比往日早得多，进门怒气冲冲，换鞋的时候弄出很大动静，"卟嗵"一只，"卟嗵"又一只，然后一头钻进连一平方米都不到的卫生间。刘大宝在里面一边小便一边说，我一个活蹦乱跳的儿子难道就值他妈四万！简直是笑话！想不到马来亚这家伙打这种淌水主意！

正在收拾厨房的吴美芳当即吃一惊，"怎么说？"

刘大宝的火儿一下子就冲了上来，"马来

亚只想给四万。"

"那是我儿子的一条命！又不是别个什么可以随手就捞到的东西。"吴美芳说。

"说来说去还不怨你，让翔宝下去救人，现在这社会，别说江里，就是井里掉一个人下去，围一大堆人在那里看也不会有人下去搭一把手！偏你心里记着马来亚是你的师兄！"

"臭马来亚！"吴美芳一屁股坐下来，胸口那里已是一片波澜起伏。

刘大宝摇摇暖瓶，"他不说四万我这三十万还不好说出口，他既然敢把四万说出口，这三十万我跟他要定了，一分也不能少！"

"我翔宝在红领巾歌唱团唱那么好歌，谁见了不说是当明星的料，要是当了明星，拍一个电影要多少钱。"吴美芳说就这个臭马来亚，还有资格当我的师兄！

刘大宝把暖瓶往桌上一顿，"不说别的，养一个儿子，只说喝奶粉，一个月三大筒是多少钱？还不说当爸当妈的夜夜起来点灯熬油。"

吴美芳说："再加一笔雇保姆的钱在里边，

他知道不知道现在雇一个保姆要多少钱？"

"那我妈就是保姆啦？"刘大宝说。

"当然是，翔宝给你妈一看就是五年，你妈不是保姆又是什么？再说保姆也是人做的，我现在还不是天天给人做保姆？你看看我这双手。"吴美芳把自己的一双手伸出来，手上贴了不少白胶布，下岗以来，吴美芳试着做过许多的事，卖过玉米，还开过一年多电梯，后来她还是选定了做保姆，做保姆虽然辛苦，但相对也挣得多。从早上一进人家门就不停地洗洗涮涮，又是做粥，又是做汤，那一大堆屎尿布永远是你的，这一堆还没干，那一堆又堆在了那里。还要给小孩儿洗澡，又怕把小孩儿屁股给沤了，洗一次要拍一次粉，粉拍多了，这家的男主人那一次居然还问，一大盒粉怎么转眼就没了？吴美芳那天也没好气，说是我吃了！香喷喷的好吃！那家男主人是报社的，脑袋比一般人好使，再说现在保姆不好找，一般人谁敢得罪保姆，那男主人笑一笑，马上把问题扯到自己身上，只说是自己就是闻不得痱子粉的味道，是过敏，鼻子不舒服，鼻子一不舒服晚上就睡不着觉。他还和吴美芳开了一个玩笑，说吴美芳果真会吃痱子粉他马上就去给吴美芳申请基尼斯。

"马来亚这家伙简直是开他妈国际玩笑！"刘大宝说。

吴美芳拿支笔过来，又找了张纸，两口子又重新算了一下，一项一项加过来，再一项一项加过去，加得让人有点头大，刘大宝拍拍桌子对吴美芳说："根本就不用再加来加去，现在出车祸丢条人命都得三十万，咱这事说到天边也不能和出车祸一个价，咱们得跟他要四十万！"刘大宝停停，又说："不过，你说马来亚到什么地方去找四十万？"

"你怎么不说说咱们到什么地方去再找个漂亮儿子回来？"吴美芳说。

刘大宝说："对，钱可以到处去找，儿子到什么地方去找？"

刘大宝去了厨房，开煤气烧水。

"就跟他要四十万！"刘大宝在厨房里说。

四

这天晚上，刘大宝和吴美芳都有些失眠，刘大宝和吴美芳现在睡觉都很轻，心里一有事就更睡不着，两个人翻过来翻过去，翻过去翻过来，时间一点点过去，横竖睡不着，刘大宝坐起来抽了好一阵子烟，外边不觉天已大亮，下边的 25 路公共汽车喇叭已经响成了一片，远处江上的汽笛也一声一声传过来。飞宝上学之前要吃早饭，吴美芳干脆不再睡，披头散发起来去做饭，厨房小，碰东碰西，叮叮咣咣，煮了粥，热了馒头，打发飞宝吃了去上学。看看墙上的那块饭碗大的电子表，吴美芳也到了该走的时候，便忙着又去洗脸梳头，此刻突然有人在外边敲门。

刘大宝一步跨出卫生间，一边系裤子一边开了门。

站在外边的是刘大宝的父亲母亲。

"好家伙！"刘大宝说，"你俩也不告诉

我一声，这么早？赶头趟车？"

"头趟车人少，我们就来了。"刘大宝的父亲说。

按照惯例，年年过年都是刘大宝先把过年的东西往乡下父母那里送一回，然后再回来过年，今年不一样了，刘大宝家里出了这样大的事，做父母的在乡下待不住，把家里的一摊子留给刘大宝的姐姐，他们就来了。刘大宝的母亲一进门又是老泪横流，对刘大宝说要是我翔宝在，早就会跑过来问我长问我短；刘大宝的父亲一进门就忙着找地方去挂他的腊肉，在阳台上说要是翔宝在，还用我踩着凳子够这个高？

吴美芳忙把刘大宝一把拉到另一间屋，关上门说话："这么大的事怎么不告诉我一声。"

"我也不知道他们要来。"刘大宝小声说。

"是不是要住在这里？"

刘大宝说："笑话，还能住到天上！还不是为了你，怕你今年过年难过他们才来。"

吴美芳说："过年还早呢，两间房怎么住？"

刘大宝说："我爸妈也是好意，挤一挤还不冷清。"

吴美芳说："你知道不知道我心烦，我就想一个人安安静静。"

刘大宝不愿让吴美芳为这事生气，把话放软了，"不就是早来了几天，过年还是人多的好，再说那是我爸妈，我爸妈是想孙了想得颠二倒四才这么早来了。"

吴美芳不好再说什么，"那就算了，让他们住到初五。"

刘大宝叫了起来，"他们把东西都带到这边，初五你就让他们走，剩下的年让他们回去怎么过？跟谁过？"

吴美芳说："到时候可不要说我不侍候，我做事那家只给我放五天假，过了初五我就得去对付那一大堆屎尿布，嫁你这种男人，我来例假两只手都得冷水里来冷水里去。"

刘大宝忍不住笑起来，小声说："有例假就有希望，不妨再生一个，我一搞一个准。"看吴美芳的脸色不对，马上把话题一转，"说笑话归笑话，就连那五天也不要你做事，有我妈呢，你好不容易在家里休息五天，你就摆开谱好好休息，现在离过年还有十多天，咱们明天就去找马来亚。"

"最少也得这个数儿！"刘大宝伸出四个手指。

五

马来亚这几年一直在搞水产品，和小舅子两个人早起晚睡，身上的鱼腥味走到哪臭到哪，连马来亚的大儿子马勇去上学，同学们都不愿和他坐一起，都嚷腥臭，老师来家访，说你们做家长的是怎么搞的？学生个人卫生是要注意的。马来亚的小店西边是一家小澡堂，再过去，就是"棒哥鸭脖店"，吴美芳和马来亚的师傅国字脸就在那家鸭脖店做事，再过去，是"老正泰"，再过去，又是一家卖粽子的，街不宽，两边又都是做买卖的，再过十多天就要过年，这里到处是人。吴美芳随刘大宝去找马来亚，马来亚正在帮顾客挑螃蟹，卖水产真是没什么好，又累人又腥臭，马来亚早不想做这一行了，但让他改行去做别的他又想不出自己能做什么，所以一直做到现在。

马来亚大老远看到吴美芳和刘大宝了，站起来招手，"里边，里边。"

站在一边买蟹的顾客说："把那一只拿出来，把那一只拿出来，那是不是只死蟹？听说死蟹都会在你们手里动来动去，我可不要死蟹。"

"请便，请便。"马来亚说你自己挑，出门死了不能算我的。

"夹不夹？"这个顾客说。

"你吃它还怕它夹。"马来亚说，把一把椅子给吴美芳"吱"地推过来。

吴美芳坐了下来，椅子旁边是那张桌子，桌子上是一台秤，台秤脏哩叭叽，马来亚平时就坐在这张桌子边给客人过秤收钱，钱放在桌子的两个抽屉里。从他这里找出的钱都有一股腥臭味。马来亚的店不大，地上都是一个又一个的方形塑料盆，里边是各种的鱼，鱼身上都压着些冰块，这样鱼就不容易早早坏掉，当地是放鱼的盆，两边又都是各种干货，鱼干虾干什么的，腥不腥臭不臭的。马来亚和吴美芳原先都在农机上班，厂子不景气，他们脑子活络，都早早提前内退，还拿到一笔钱。刚退那几年，马来亚没了事做就帮着一个朋友跑水货，后来就入了这个行，知道去什么地方接货，去什么地方弄冰，知道什么时候什么饭店会要什么鱼，哪怕是一条，马来亚也会骑着车子马上给送去。马来亚还常常把卖不掉的烂鱼烂虾拿来送吴美芳，刘大宝又最喜欢用这些臭鱼烂虾下酒，有时候马来亚还会和刘大宝在一起喝几盅，关系处得要比一般人好，要不是这样，吴美芳那天也不会要儿子下水去救马来亚的儿子。

　　吴美芳坐下来，看马来亚跳过来给顾客找钱，抽屉里，乱糟糟，都是零钱。

　　"你来我心里就不打鼓了。"马来亚笑着对吴美芳说，我马上就给你去取。

　　"取什么？"吴美芳说。

"取那四万，大宝昨天没喝多吧？"马来亚说。

"当然没喝多。"刘大宝在一边把话接过来，"再滥喝还对得起我翔宝！"

马来亚迟疑了一下，心里有了事，湿手点一支烟，对吴美芳说："我知道四万是不多，但卖鱼卖虾确实挣不了多少。"说完这话，两眼看了一下刘大宝。

吴美芳说："你别看他，他脸上没算盘，我一个儿子的命赔给你，不能那么便宜。"

"那你的意思？"马来亚说。

吴美芳说不妨把你那个数字再乘一下十。

马来亚吃了一惊，大叫一声："乖乖？"

"这个数，再乘以十！"吴美芳把四个手指伸出来。

"不会吧？"马来亚说吴美芳你也不看看风水，就这小店一年也挣不到五万，我要是能够挣一百万，我肯定马上会给你四十万，到时候六十万都行，可我到什么地方去挣四十万？

吴美芳已经把那张纸从口袋里掏了出

来，"现在街上撞死个人你知道不知道都要给三十万！精神损失费就不提了。"吴美芳回头看一下刘大宝，又对马来亚说："你也知道翔宝出事后我公公婆婆住了多长时间医院，这笔钱我们也没有算在里边，你知道不知道，钱可以买到许多东西，但就是买不到人命。"

马来亚接过那张纸，马上叫了起来："你公婆看孩子都来这里要钱？"

"这话你算是说对了。"吴美芳说，那是公婆的意思，他们一把屎一把尿把翔宝拉扯到五岁，花多少心血，他们原指望孙子长大孝顺他们，这会儿孙子没了，他们当然要把这笔钱一是一、二是二地算回来，就像是打麻将，既然赢不了，未必把底钱也都赔进去。

马来亚却突然笑了起来，"你们两个又不是不知道我有多大能耐，我要有四十万我还来这里卖烂鱼臭虾？不要把事情变成这样好不好？"

"你说变成哪样好？"吴美芳说。

"你说的这个数，就怕我一辈子都挣不来。"马来亚说。

吴美芳说这种事再拖下去也没什么意思了，我丢了一个儿子，可你两个都在。

"你是对谁说话啊，你是对我啊。"马来亚点着自己鼻子说。

"当然是对你！我知道你是我师兄。"吴美芳说，但我更知道我儿子是为了救你儿子把自己的一条命丢了，你知道不知道那是我儿了！

"你还不知道我有几根筋。"马来亚说。

"我眼泪现在都没了，懒得跟你这个师兄说别的。"吴美芳站了起来。

看着刘大宝和吴美芳从小店里出去，马来亚都有跳起来的冲动。

这时有人进来买蟹腿，待在那里发愣的马来亚却把一盘皮皮虾推过来。那个顾客说，老板你听明白没听明白，我是要蟹腿，蟹腿知道不知道？蟹腿——

"一条人命怎么就会要四十万？"马来亚突然对这个顾客说。

这个顾客给吓了一跳，看看马来亚，一下

子从店里跳出去。

马来亚的小舅子正巧拉了一车包装带鱼回来，问马来亚，刚才那顾客怎么像是被狗咬了一样，跳出门就跑？是不是趁你不注意偷了什么东西？

马来亚心里一团乱麻，说吴美芳刚刚来过，"想不到她会这样！"

马来亚的小舅子说吴美芳什么意思？不是答应给她四万？

马来亚说倒不如她儿子不来救马勇！吴美芳要的是四十万！

马来亚的小舅子在心里飞快地算了一下，说："姐夫你去对吴美芳说，问她同意不同意你去抢银行！"

"抢银行是以后的事！"马来亚说现在最最重要的事是先别让你姐知道。

马来亚的小舅子说我的姐我知道，你放心，碰到这大事她肯定会站在你一边。

马来亚说恐怕这个年真没法过了。

"找国字脸去说说？吴美芳好像蛮听他

的。"马来亚的小舅子说。

六

从马来亚那里出来，吴美芳去母亲家吃饭。

吴美芳昨天晚上已经安顿了飞宝，要他下学就过到姥姥那边去。吴美芳的父亲以前是做教员的，退休已经多年，吴美芳的母亲是百货商店的售货员，现在给一家私人公司做兼职会计。这天是吴美芳她老爸的生日，年年每到这一天，全家都要在一起吃一顿饭。吴美芳给她老爸定了一块蛋糕，原来说好上边要有"生日愉快"四个字，想不到蛋糕上的字却弄成了"节日愉快"，要重新做还得好一阵子。"管它什么字，吃到肚子里横竖都是四个字。"刘大宝说，你老爸也未必看，哪有那么多时间再等。

已经过了十二点，饭菜早已端整好，吹过生日蜡烛，一家人坐下来吃饭。

排骨汤端上来，吴美芳的母亲先给刘大宝舀一大碗，吴家就刘大宝这一个女婿，十多年过来对他还像对客人。吴美芳的母亲问了一句："马来亚那边的事怎么样？"

刘大宝嘴里已塞了一块排骨，含含糊糊说："上午刚去过，正在解决。"

吴美芳的母亲把脸又掉向自己闺女，"怎么个解决法，能给多少？"

"已经拖了四个月了，也不在这一天。"吴美芳说。

"这种事还能再拖？拖到后来就怕拖黄了。"吴美芳的父亲吴老师说，你知道不知道什么是趁热打铁？这种事要趁热打铁。

"给多少定了没有？"吴美芳的母亲又问。

"他们给多少我不管，我和大宝商量好了，铁定跟他们要四十万！"吴美芳说。

吴美芳的老爸老妈当即有些发愣，吴老师停下筷子，"四十万，是不是太多了？就那个马来亚，不是我小瞧他，他去什么地方弄四十万？他爸也不可能给他留下多少。"

"四十万还多？"吴美芳说，那是我儿子的一条命，我儿子未必就只值四十万？

吴老师说我不是那个意思，"钱这种事，就像是几个朋友在一起打麻将，你少赢几个还有人给你，你要是连坐七庄八庄赢大发了，到时候恐怕你连一分钱也摸不到。"

刘大宝一挺脖子把嘴里的一口饭咽下去，"爸妈你们知道不知道现在街上撞死一个人最少也得给二十万？"

吴老师说这种事倒没听过，"撞死人还有规定？"

刘大宝说当然有规定，"撞死城里人是三十万，撞死乡下人是二十万。"

吴老师最听不得这话，一下子火了，一拍桌子，说放他妈狗屁！乡下人的命就比城里人的贱？这是什么狗屁的规定！再说，吴老师看定了女儿女婿，说翔宝的事又不是撞车，电视台和报纸都登了，你们都风光过了，你这时再向人家要四十万好不好交代？吴老师说我不是说翔宝不值四十万，我那外孙给一百万也怕是没处去找，我是说就那个马来亚他去什么地方找四十万？况且他又和你是一个师傅。见女儿和女婿不说话，吴老师又问：

"那个马来亚的意思呢？"

吴美芳说马来亚只想给四万，"哪有这么便宜的事！那是我儿子的一条命！"

吴美芳的母亲这时说了话，说她当会计的那家老板，最近买两条金龙鱼，"你们猜猜是多少钱？肯定你们加起来也猜不到。"

刘大宝不养鱼，自然不知道一条金龙鱼要多少钱，吴美芳对这从不感一点点兴趣，却忽然说："马来亚现在就是个卖鱼的。"

吴美芳的母亲一撇嘴，说就那个马来亚，"他卖一万条鱼也没人家一条值钱。"

吴老师说我就不信一条敢跟一万条相比，你当了一辈子会计到底学过数学没有。

"人家一条金龙鱼就六万！一尺半长，金闪闪就像是金子做的。"吴美芳母亲说。

吴老师火儿了起来，又一拍桌子，说现在这社会，居然有人花六万块钱买一条养来看的鱼！鱼再好看，能比吃饭重要？人要是饿了来两碗米饭就能解决问题，放一条金龙鱼在那里再金光闪闪我看也是个狗屁。

刘大宝马上来了精神，说人家买一条鱼都要花掉六万，你们二老说说你们的宝贝外孙把一条命搭在里边，要他四十万多不多？

"你说他去哪里找四十万？"吴老师说。

"他兄弟给他个零头够他快活一辈子。"吴美芳说就他那个兄弟马来好，在北京炒房了一过手就是七八套，转手一炒鬼知道挣多少！

吴美芳的父亲和母亲互相看看，忽然都没了话。

"有钱不孝顺还不如没有钱。"停了一会儿，吴美芳的母亲说起马来好来，有钱不晓得把他母亲接过去，他父母还不是跟着他哥马来亚，还不是给马来亚看孩子做饭！吴美芳的母亲说马来亚的母亲打麻将的时候都带着马来亚的老二。

"自己光顾着看手里的牌，让一个五六岁孩子在街上到处乱跑。"

"看孩子就不要打麻将，打麻将就不要看孩子！"吴老师说。

"把孩子给这种人看真是让人不放心。"吴美芳的母亲说。

吴美芳忽然想起那天自己去买洗衣粉，看到马来亚的老二马强居然和几个比他大的孩子跑到了大至街，把商店门口的水泥扶手当滑梯玩，上来下去，上来下去好不危险，还是她把马强一路抱回去送给了马来亚的母亲，马来亚的母亲当时牌风正盛，一脸不开心，说强强在那里天天打滑梯玩玩惯了，走不丢的。

吴美芳心里想着事，把一块蛋糕切得七零八落。

飞宝拿了一块蛋糕吃着，忽然说："咦，怎么是节日快乐？"

"你外公的生日就是最最重要的节日！"吴美芳说你怎么连这个都不知道。

吴美芳的老爸吴老师却笑了起来，"好，我生日都变成节日了！"

"您的生日就是咱们家最最重要的节日！"刘大宝说。

"你嘴什么时候学这么乖？"吴美芳说。

"只要你高兴我会要多乖有多乖。"刘大宝说。

"你不知道，我把四十万这个数说给马来亚时身上有多么舒服。"吴美芳对刘大宝说昨天晚上我还不知道该怎么开口，"这种事，原来只要一说出去，身上硬像是舒服了许多。"

"四十万我看还真是有点多。"吴老师又说。

"现在的事，你知道什么？"吴美芳的母亲说。

吴老师又不高兴了，说："我天天在看报！"

"报纸上有几句真话！"吴美芳的母亲说。

七

晚上，有人在外边"笃笃笃笃"敲门。

吴美芳嫌婆婆灶台擦得不干净，正在重新擦，她喊一声："刘大宝！开门！"

刘大宝正在蹲厕所，他喊一声："飞宝！去开门！"

飞宝正在写作业，说："我有开门的时间一道题又做完了。"

刘大宝只好提起裤子去开门。

站在门外的是吴美芳的师傅国字脸，一只手提了三袋水果，一只手拿了一串钥匙。国字脸虽说是师傅，但比他的徒弟吴美芳还小两岁。他当年在农机厂带了两个徒弟，吴美芳之外就是马来亚。国字脸的日子现在很不好过，儿子要考初中，学习又不好，想上重点中学又要花一大笔钱。国字脸现在在大正街的鸭脖店做鸭脖，天天早上四点起就得把鸭脖下锅，一直要干到十点钟，为了多挣些钱，晚上又揽了送货的事，哪家饭店要鸭脖他就马上去送，上午干五六个钟头，晚上再干五六个钟头，有时候送晚了干脆就不回家，凑合在煮鸭脖的地方睡一觉。这样忙来忙去，一个月才将近挣一千多。马来亚对国字脸说过不止一次，说与其你这样没日没夜给别人拼命，还不如自己开一个鸭脖店，租那屁大的门面也花不了多少钱。

国字脸从外边进来，朝厨房探一下头，"你

灶台上的油渍恐怕都有半吨重！"

吴美芳把抹布一掷，不擦了，"想不到农机塌了想找点火碱都不行。"

国字脸说擦它干啥，从窗子扔了它。

"你来还买什么水果？发财了？"吴美芳说。

国字脸不必对吴美芳说谎，他说这水果其实是马来亚化的钱。

"马来亚？他搬你当救兵？"吴美芳说。

"只是不知道我能不能救他？说实在的，一个人混到离十米就能让人闻到他身上的臭鱼烂虾味儿也不容易。"国字脸笑着说现在真是一代不如一代，老子是总工，儿子是个卖鱼郎！

"现在谁容易，人人都不容易。"刘大宝在厨房里说。

国字脸朝另间屋看看，小声说："那是大宝的父母？今年过年在一起？"

刘大宝的父亲和母亲这时正在屋里看电视，飞宝在一旁写作业，写写看看，看看写写，电视里的光把三个人的脸一晃一晃，绿一下红一下。

"当然是他父母？我父母打死也不会来我家凑这个乱。"吴美芳小声说。

"也不错，有人给你做做饭。"国字脸说。

"卫生间臭得都进不去人了。"吴美芳小声说。

"你拉屎不臭，是香的？废话！"刘大宝在厨房里说。

刘大宝从厨房把茶水端来，"别人送的普洱茶，硬是像土的味道。"

"这年月有人送你泡屎也算是好事。"国字脸笑着说。

吴美芳想知道马来亚那边说什么，便过去把那间屋的门关了，关好门，吴美芳忽然想起问国字脸吃了饭没有。

国字脸说："待会儿到我妹妹家吃。"

吴美芳说厨房里有面，干脆给你下一碗？还有点腊肉，中午刚蒸好的。

国字脸说我妹妹也还没吃呢……

"算了算了。"刘大宝在一边说一碗面你吴美芳也好意思请人吃，下次吧，不过现在吃饭也不算个问题，随处都可以解决，下边那家担担面就很好，现在什么都改革，担担面里还可以加一颗鸡蛋。多少年来，刘大宝在心里一直怀疑国字脸和吴美芳的关系是不是太亲密了，所以每见到国字脸，刘大宝心里就总是有那么点别扭。

"那我就不煮了。"吴美芳说。

国字脸说马上就得走，"老婆在家自己刷房子，还不知现在她累得能不能直起腰。"

吴美芳坐下来，说马来亚是什么意思？

国字脸不准备多待，就开门见山，说下午马来亚来找过他，还给了他一百，要他过来给说说情，大家毕竟师徒一场。国字脸喝了口茶水，说好笑不好笑，马来亚还给了我个单子。国字脸把那张纸从口袋里掏了出来，看看吴美芳又看看刘大宝，但他还是把那张纸递到刘大宝手里，纸上密密麻麻写了些细账。主要内容是马来亚和李小榕天天都进多少货，什么鱼什么鱼进价多少钱，卖价多少钱，带鱼、黄鱼、白鱼、青鱼、梭子鱼、石斑、虾，这个虾那个虾，一个月能卖多少，一年卖了多少。

"想不到世上会有那么多种鱼。"国字脸说你看像不像是进货单？

刘大宝把那张纸递给吴美芳，"马来亚的意思是？"

"还能有什么意思？"国字脸说现在想挣点钱谁都很难。

吴美芳问国字脸："我一个活蹦乱跳的儿子你说值多少钱？"

国字脸原来还想劝劝吴美芳跟马来亚少要一些，这会儿他的主意变了，人命的事从来都不好说，谁敢说一条人命值多少钱？吴美芳的儿子翔宝救马来亚的儿子丢了命在这个城里是一大新闻，电视台也播，报纸也登。吴美芳和刘大宝什么时候上过电视？这件事很让他们在电视上风光了一下。马来亚说吴美芳这边一开口就要四十万的事着实让国字脸吃了一惊，但仔细一想又不怎么吃惊了，国字脸最近正在给儿子办重点中学的事，跑来跑去，简直就是给自己上了一课，国字脸儿子的学区在十六中，要是想去五中上学，光择校费就得给五万，这五万还没把给个人的好处费算上。如算上好处费，光上一个中学就得七万。

国字脸对吴美芳说我只管完成我的任务，"这张纸我送来就是，别的我说不来。"

刘大宝说建国你再喝水，"我儿子一条命，跟他要四十万不多吧？"

国字脸看着刘大宝给茶杯里倒水，他不准备再说什么，但嘴里还是又说了一句："现在钱真是不值钱，我儿子上初中光择校费就他妈七万。"

"妈的！"刘大宝马上把话一接，"那四十万又算什么。"

"四十万多不多？"吴美芳说。

"那看怎么说。"国字脸说。

"交警那边，现在压死一个糟老头子都要三十万。"吴美芳说。

"按说四十万也不多。"国字脸说。

"那他搬你这个救兵做什么？马来亚这个王八蛋！"吴美芳说。

国字脸心里还是忍不住，"你不知道李小榕这几天正和马来亚闹别扭？"

吴美芳说这又不是什么新闻，马来亚还不是李小榕的脏话马桶！

国字脸想想还是没说，要是说出来，恐怕就更没意思。又喝一口水，国字脸还是管不住自己那张嘴，"还能闹什么？还不是为了那四万。"

"四万李小榕还闹？嫌多还是嫌少？"刘大宝马上说。

"这还要问！"国字脸说给别人钱还有嫌少的，傻×也未必这样！

"四万李小榕还嫌多！"刘大宝几乎要跳起来，"她清楚不清楚老子要的是四十万！"

"那是我儿的一条命，我儿未必连个糟老头子都不如。"有两团火从吴美芳的眼里一下子跳了出来。

国字脸不再说话，他觉得自己此刻再说什么都不合适。国字脸在心里算了一下，就那四十万，马来亚如果一年收入四万得白干十年，一年收入五万得白干八年，一年收入八万也得白干五年！

国字脸把茶杯里的水喝干，告辞，下楼。

八

马来业想不到吴美芳那边一点点都不肯融通，一口咬定了四十万。

马来亚的老婆李小榕为了那四万已经在家里闹了一星期，要在往常她还会闹下去，不但闹，也许还会适时地住几天医院。好像是习惯了，每到快过春节的时候她就要和马来亚生气，不如此好像就不过瘾，或者就再住几天医院。所以每到快过春节的时候马来亚心里就总是很紧张。那天马来亚一说从银行里取钱给吴美芳，李小榕就跳了起来。

"吴美芳还想要什么？还想要什么？你说说她吴美芳还想要什么？上了一次电视又上了一次，上了一次电视又上一次，几乎把自己弄成了名人！还不说报社给她儿子评了一个十佳少年，那两万奖金她也拿到手了！她吴美芳还想要什么？一个人，未必想把天底下的好事都占全！"

李小榕的话其实就是张秋月的话，张秋月的好朋友给李小榕出主意，说四万虽说不多，但这种事你就是不能痛痛快快地给，你这边痛痛快快吴美芳那边就会得寸进尺，这种人，什么好处都想占，你偏偏不能让她痛痛快快占这个便宜！

"话不能这么说。"马来亚说吴美芳儿子毕竟是为了救马勇才丢了一条命。

"我也没说他没救啊。"李小榕说你说这话什么意思。

"那就要知恩图报。"马来亚说。

"她让我随着去电视台，我去没去？"李小榕树说。

马来亚说你又要往什么地方扯？

"报社记者采访我，好话说没说？"李小榕说。

马来亚说你什么意思？别又陈谷子烂芝麻

一大堆，说我和她不清白？

"那是你的事，你自己肚子里清楚，还有就是那张床清楚。"

"哪张床？"马来亚说。

"谁知道哪张床？"李小榕说。

"你给我说清楚是哪张床？"马来亚说。

"不说清楚又怎样？"李小榕说，不是我和你生气，是我见不得吴美芳这种人，俗话说打了不罚，罚了不打，这句话可以有另一种说法，那就是要了脸面就别再要钱，要钱就别要脸面。

"这才四万。"马来亚说。

"四万，你有几个四万！你老子又没开银行！"李小榕说。

"救了咱马勇的命，要了人家翔宝的命，四万还多？"马来亚说。

"你有几个四万？一百个？一千个？"李小榕大声说。

马来亚不想和李小榕斗嘴，他知道李小榕有本事把事越搅越大，马来亚说人家为救咱们儿子一命，还把命贴上了，你说该不该表示吧。

李小榕眼睛一眨，看定了马来亚，"是吴美芳那边硬要还是你要主动给？"

马来亚说这种事，人家不要会主动退回来，但你不能不给。

"呸！还能给你退回来，还是你想给。"李小榕认定了是马来亚要主动给，李小榕这么一认定，火气就又跟着上来，脸色一下子就变得很难看，恶毒话跟着就来，李小榕说，"还是你这个水产老板大方，但你要大方到点子上来，我弟弟怎么说也是给你打工，一个月你给他两千块钱多不多？你怎么不想想给他加一点薪？你一个月再给他加一千块也不过是一年一万多一点！告诉你，你大方也要大方到我这个点子上！不能大方到吴美芳那个点子上去，未必她那个点子就比我这个点子好。"

"哪个点子？什么点子？"马来亚说。

"谁知道哪个点子，你还不知道哪个点子？"李小榕说。

马来亚想笑，说刘大宝这几天连着打电话，

"话里话外的那个意思谁还听不出？年前就要，少了都不行。"

"他怎么说，你一句一句告诉我。"李小榕说我看看首先是不是你脑子出了毛病。

"咱得一条命，人家丢一条命，你到处去问问，四万多还是少？"马来亚说。

李小榕叫起来，"把我给了他够不够？我照样给他生一个，也许比他那个都好！"

马来亚笑出来，是苦笑，他这张嘴从来都说不过李小榕。

九

马来亚说不过李小榕，他最怕李小榕那张嘴，为这事，马来亚去找李小榕的哥哥李小猛，李小榕最听她哥哥的话。李小猛在顺城街那边开了两家棋牌室，年头岁尾生意萧条，整天闲着没事养水仙，水仙养得好，还不到春节却都早早开掉，让人觉得有些着三不着四。李小猛为人虽然有些歪，但还算通情达理，妹夫来找他，他不能看着不管，他打电话让妹妹李小榕来棋牌室一趟。

"什么事要我去。"李小榕说就你那个棋牌室要冻死人。

"冻不死的，新安的空调好得很。"李小猛说你是我妹，未必我连自己妹妹都叫不动？

"又是马来亚搬你这个救兵！"李小榕说我是心疼他，辛辛苦苦挣多长时间才能挣四万，你不知道马来亚卖鱼卖虾多辛苦，一双手都烂了。

李小猛说你先过来，过来再说，"看看我的水仙。"

李小榕打了出租车去顺城街，一进棋牌室就忍不住大笑，棋牌室里那七八盆水仙早已开得七零八落。"你是不是早早把年过了，你看看你这水仙像不像歌厅里的老小姐，看都没人看。"李小榕说。

李小猛也笑，说未必养水仙就非要它在春节开，"我这也算是领先一步，怎么样，谁规定不让我领先？"

李小猛和妹妹李小榕说说笑笑，然后才把话转到正题上。李小猛对妹妹说，人家吴美芳的儿子为救你儿子连命都搭在里边，你还想要咋样？你到交警那里问问，现在撞死个人要多少钱？就上个星期，周小东的棋牌室有个老头打牌摸到一条龙兴奋过头一下子当场死掉，周小东还不是下了赔人家十万？那老头死不死又跟他有多少关系？自己打牌兴奋死掉都要十万赔偿，何况这种事？

"你这才是四万，怕连别人的零头都不够。"

李小榕眨眨眼忽然笑了起来，她一下子想到马来亚的老妈，天天在那里打牌，但她千万不能现在就死掉，毕竟老二强强还要她来看。

李小猛问妹妹笑什么，李小榕笑而不答，李小猛点着妹妹的鼻子说，"说实话，你就不是个省油的灯，马来亚人说来还不错，上次我棋牌室里打架要不是他出手我还说不定会挨几刀，就看他替我胳膊上挨那一刀的份上，你也不能跟他无理取闹。"

"他好不好我还不知道？"李小榕说我是

笑你说的那老头给自己找了个好死，还给儿女挣了最后一笔大钱，上年纪的人有这样的死法算是一件大好事，总比在床上躺一年半载把屁股烂掉好，马来亚的老妈也整天在那里打牌，打到一定时候也这样一下子死掉最好，到时候她不难受我也不受累，还挣一大笔钱。

李小猛说我都知道你心里在想什么？一定时候？什么一定时候，恐怕要到马强长大？你想什么你以为我猜不到，但最好不要再死到棋牌室，要知道你哥是开棋牌室的，要那样谁还敢来棋牌室，要死最好死在老头老太太跳舞的公园露天舞厅。

"马来亚他老妈又不会跳舞。"李小榕说。

李小猛说这倒是个难题，不喜欢跳舞你给她发工资她都不肯去。李小猛忽然把话说到马来好的身上，说你那小叔子说实在的真是个天字号大混蛋，挣那么多钱也不懂让他老爸老妈去享福，这种人到死都不得人们说个好字。李小榕也听不得人们说她的小叔子，一说便来气，李小榕想让马来好把自己的弟弟弄过去跟他一起跑煤的生意，这事说了好长时间，马来好根本就不睬。马来好其实对自己父母很好，给他们买房子他们不去住，说住不惯那种小区，给他们钱他们倒是收下，都一笔笔存了起来，平时连一分一毛都不舍得往出拿。最最可气的是马来亚，再穷也都不肯向他兄弟张口。

"吴美芳那边的事你不要太让马来亚为难，这钱你肯定得给。"李小猛说如果是你呢，如果是你儿子救人没了命，我看你一百万都敢开口要。

李小榕说确实如此，但一想这钱是要给吴美芳她心里就不高兴，"人们都说她和马来亚在一个厂子上班的时候好得了不得。"

"就是上过床又有什么了不起？还不是那老一套，又没什么新花样。"李小猛说再说你未必就是个淑女，真有那事你又能咋样，马来亚人挺好，有你这厉害，我看他不敢做那事。

"吓死他，敢做这种事！"李小榕说。

"再怎么说你公公当年也有头有脸，不可给他丢人，你识相点，那是你儿子的爷爷。"

李小猛说。

李小榕被他哥说通了，心里想想也是，要不是吴美芳的翔宝下水救自己的马勇，马勇早就没了命，是吴美芳的儿子把命给了自己的儿子。虽然想通了，但她还在那里憋着，她已经习惯马来亚给她说好话。快过年了，李小榕和两个儿子在家里说说笑笑，但只要马来亚一回来，李小榕的一张脸马上就放下来。

十

马来亚没了主意，原先以为四万可以把吴美芳那边摆平，想不到吴美芳开口就是四十万，这几天，马来亚一直闷着不说话，不知道该怎么对李小榕说，他知道李小榕的脾气，想说的时候她自然会找你说，她不找你你找她只会把事情搞得更糟，在心里，他更恨吴美芳，想不到她会这样，还是不是老农机的人！还是不是师兄妹！

"我问你，是不是她吴美芳自己叫他儿子

下水救人。"这天，李小榕忽然开口问马来亚。

正在吃饭的马来亚抬起头说是呀，什么意思？

连李小榕自己也不知道自己突然问这句话的意思。

"又没人强迫她！那是她自己愿意。"李小榕又来了一句。

马来亚好像给什么呛了一下，脖子顿时憋得老粗。

"你这么说话怎么好像连一点点人味儿都没有。"马来亚说。

李小榕愣了一下，她不知道马来亚是从什么地方借来的胆子，竟敢这样和她说话，她一下子跳到马来亚的眼前，伸出手，指着马来亚的鼻子，但马来亚的目光让她忽然在心里怯了一下。

"你以后少当着孩子面说这种话！"马来亚丢下碗，去了另一间屋。

李小榕也马上跟到了另一间屋，李小榕把门从里边一关，说你马来亚是不是要反了，吴美芳对你就那么重要！想不到马来亚一转身也大声起来，而且声音比她都大，马来亚知道是该把那事说出来的时候了：

"你以为你是谁？你以为四万就能了结这件事？现在街上压死个乡下老头儿都得二十万！你还以为你是谁？"

李小榕听出了马来亚的话里有话：

"什么二十万三十万？马来亚你给我说清楚？"

"说清楚就说清楚，这几天我正要跟你说清楚，我告诉你，不但是你没人味儿，现在的人都没一点点人味儿！"马来亚说你别以为你那四万能把事情摆平了，吴美芳比你还更没有人味儿！告诉你，那四万连个零头都不是，吴美芳现在一开口就是四十万！

李小榕厉声笑了一下，但她马上停止了笑，张大了嘴：

"就她儿子那条命，她要四十万！"

"对，一个不能少，四十万！"马来亚说。

"这个臭吴美芳疯了！"李小榕说她怎么

不去抢银行！怎么不去做春梦！

"我看倒是我该去抢银行。"马来亚说。

李小榕坐下来，看着马来亚，不再说话，李小榕的聪明就在这里，她知道什么时候该闹事，什么时候不该闹，关于这一点，她的好朋友张秋月也时时提醒她，她明白此时不再是闹事的时候，出了这样的事，她必须和马来亚团结一致才对，要是她在这种时候不能和马来亚团结在一起，那还怎么对付吴美芳。

"你不胡说吧，她敢要四十万？"李小榕说。

"现在压死个糟老头想摆摆平都得三十万。"马来亚说。

"你是不是想给吴美芳四十万？"李小榕问马来亚。

"我就是想也没用！我去什么地方搞四十万？"马来亚说。

"你就是有也不应该这么想！"李小榕说。

"我当然不会这么想。"马来亚说。

马来亚想想也是，自己如果真有一百万，

会不会给吴美芳四十万？马来亚在心里已经回答了自己，不会！在这一点上，他不知不觉已经和李小榕保持了高度一致。马来亚已经想过了，如果自己到处去借，借四十万给吴美芳，那么，今后等待自己的日子便永远是穷人的日子，到那时，不但是自己要过穷人的日子，自己的老婆和孩子都要过穷人的日子，马来亚已经在心里细细算过，自己要想挣四十万，要苦苦干八到九年而且还必须不吃不喝才能把这笔钱攒够。马来亚已经把这事想清楚了，但他就是没有把对付吴美芳的主意给想出来。

"你听我的，我有主意。"李小榕忽然说。

"你几时有过个主意？"马来亚不知道李小榕有什么主意。

"就不信这个吴美芳还能飞到天上去！"李小榕说自己有主意，其实她的主意是前几天张秋月给她出的，只不过，她当时觉得张秋月出的主意有些过分，当时还以为吴美芳那边只不过是四万的事，想不到现在那四万一下子要变成四十万，既然四万要变成四十万，那么她觉得张秋月给她出的主意也就不过分了。张秋月给李小榕出的主意就是要吴美芳把市里给她的两万奖金退回去，光这样做还不行，还要再把市里给翔宝的"十佳少年"的称号也退回去，然后，四十万才能交给她。这个主意出得很狠，一下子就可以把吴美芳将死在那里。那两万块钱的奖金就是吴美芳想退也恐怕退不了了，更不用说"十佳少年"的称号，岂是能让人胡来的。张秋月一出这主意，李小榕当即拍手叫好。

马来亚想知道李小榕有什么主意，"是不是把钱分期给她？"

"你真是衰货！"李小榕说有什么主意我未必现在就告诉你，我只是叫她吴美芳从此不再张这个臭嘴就是，李小榕反过来问马来亚，"这种事，你怎么不找你兄弟来好出出主意？"

马来亚也想去找兄弟来好，但一想当初来好想跟他借八百块钱他都不肯就没了勇气，当时也是怨李小榕，区区八百块攥在手里就是不肯借。这几天他把能想到的都想到了，他已经做好最不好的打算，那就是卖房子，自己没房子住，再欠下一屁股钱，到时候来好未必眼睁睁坐在那里不管。心里这样想，嘴上却对李小榕说："钱的事我不能找我兄弟，当年八百块你都不肯借，我还有什么脸去找他？"

"我未必是要你向他去要钱。"李小榕说。

"那你叫我去做什么？"马来亚说。

"让你兄弟给你出个主意，看看他有什么好主意。"李小榕说你兄弟经过的事比你见过的都多，你去向他讨个主意，你弟弟怎么说都是成功人士。

"主意再多有什么用，吴美芳这回恐怕是真疯了。"马来亚说。

李小榕在鼻子里笑了一声，"你别担心她！我早就给她准备了一大盆冷水好让她清醒清醒！这盆冷水只要我一浇她马上就会清醒！马上再不会说四十万这三个字。"

"别把事闹大了。"马来亚说。

"怕事就别当男人！"李小榕说你别就只知道下边硬，上边也硬一下。

"我怕事，你来！"马来亚说。

"当然是我来，你给我靠边，四十万可以答应，但有一个条件。"李小榕说。

马来亚叫了起来："你哪来的四十万？"

"你别管。"李小榕说。

"什么条件？"马来亚说。

"什么条件你不必知道，我要亲口对吴美芳说。"李小榕说你只须让国字脸把话传给吴美芳，就说咱们答应四十万，但有一个条件。

"你哪来的四十万？"马来亚又说这可不是开玩笑，我老子那边没钱，就是有，也未必肯给，我老子那性格你不是不知道。

"再说一次，是什么条件我未必告诉你！"李小榕说。

"到时候你怎么办？"马来亚说。

"你只管去说。"李小榕说到时候别说四十万，恐怕她吴美芳连四万也摸不到。

天已黑了，马来亚满面愁苦去找国字脸。马来亚忽然觉得这件事一下子变得好像不太真实起来，他知道无论是什么条件，那四十万李小榕肯定是拿不出来，但李小榕的样子胸有成竹，李小榕对马来亚说我让你怎么说，你就怎么说，别的事你少管。马来亚不清楚李小榕怎么敢答应给四十万，让他更不清楚的是李小榕会给吴美芳出个什么条件。但无论马来亚怎么问李小榕就是不说。临出门，李小榕又对马来亚说，"见了国字脸多一句话都不许说，只说答应给吴美芳四十万，只要她能把那个条件办到，说错一个字，倒霉的是你自己！"

"倒不如那时别让他儿子救马勇，淹死算了！"马来亚说。

"你放屁！"李小榕说，"你儿子难道不姓马！"

"你才放屁！要在旧社会你的名字前还不是也要再加个马字，知道不知道连你都得叫'马李小榕'！"

十一

晚上很少有人给吴美芳家来电话，即使有

也是找刘大宝。

这几天，因为刘大宝的父母亲在，吴美芳一下子轻松许多，回家就有现成饭可吃，热是热的，凉是凉的，刚腊好的腊肉切切放在米饭上蒸，米饭都香得不得了。但吴美芳是那种自己做什么都好，别人做什么都看着不顺眼的人。吃过饭，总是刘大宝的母亲赶着去洗碗，吴美芳先是站在一边看，看的刘大宝母亲好不自在。等刘大宝的母亲把厨房收拾完，吴美芳会动手把刘大宝母亲收拾过的碗筷再重新洗一下收拾一下。刘大宝这天把吴美芳拉到屋里小声对吴美芳说你这么做不是成心给我母亲难看？她刚收拾完，你再重收拾一下，还不是对她的否定？吴美芳说就你妈那两只手还怕否定？她洗过的碗恐怕比没洗过的还要脏，上边都是油腻，干净不净我倒不怕，我现在只剩下一个飞宝，我没别的指望，只指望他身体没病。

"病从口入你知道不知道？"吴美芳说。刘大宝说你小点儿声好不好？"我爸我妈又不是个聋子！"

吴美芳在厨房里没听到电话响，刘大宝大喊一声，"吴美芳，国字脸电话！"

吴美芳从厨房出来接电话，一双手湿漉漉的，她正在洗鱼。

"我什么时候已经成了你们的传话筒。"这是国字脸在电话里的第一句话。

吴美芳说你们？你们是谁？这又不是"文化大革命"，分这么清？怕你妈你爸剃光头游街？

"你们就是你和马来亚，还会有谁。"国字脸说。

"呸，别提马来亚！"吴美芳说，"什么事？"

"这次可不是什么屁事，这次恐怕是天大的好事，马来亚这个人真是不能让人小瞧。"国字脸说，想不到他能量还蛮大，太大了！

吴美芳脑子忽然一亮，"他找你啦？"

"我看你这次是不是要少了？"国字脸说。

"什么要少了，你把话说全了。"吴美芳心里"怦怦怦怦"乱跳起来。

"你还不知道什么要少了？"国字脸说马

来亚刚刚从我这里离开。

"你还是这个烂毛病，你要说什么就快说，你说话就像新媳妇放屁！像你这种人还配给我当师傅。"吴美芳说。

国字脸就在电话里笑了起来，说你不必急，其实我比你还急，马来亚从我这里出去顶多两分钟我就给你打电话。你说马来亚有钱还是没钱，他居然答应一下给你四十万。

"答应给四十万？！"

电话在吴美芳手里抖了起来。从翔宝出事到现在，吴美芳一直都像是在梦里生活，别人说什么，自己想什么，都蒙蒙眬眬的，都像是不那么真实，只有在这一刻，一切都好像因为"四十万"一下子变得明明亮亮起来。四十万是她想都不敢想的数字，是天文数字。因为她想都不敢想，所以她那天才敢于对着马来亚把话说出来。

"国字脸！"吴美芳说你要是开玩笑你就该千刀万剐！

"马来亚真答应要给你四十万，不过他有

一个条件。"

"果真给四十万，十个条件我也不怕，下岗的时候厂里有什么条件，你还不是照样下。"吴美芳说马来亚那边是什么条件？你说，还能把我吓死！

"不知道。"国字脸在电话里说他也不知道是什么条件。

吴美芳是个急性子，"你要是再不说我就要骂出来。"

国字脸在电话里说他真的不知道，"马来亚说那个条件是他老婆李小榕掌握着，连马来亚都不知道，要想知道就得你和李小榕见一面，李小榕会亲自告诉你。"

刘大宝不去厕所了，一边系裤子一边忙凑过来，一呼一吸吹得吴美芳脖子异样发痒，吴美芳推他一下。

"国字脸你找死啊，放着话不好好说。"吴美芳说到底是什么条件。

"四十万？答应了？是不是四十万？"刘大宝连连在一旁小声问。

吴美芳又推一下刘大宝，对电话那边的国字脸说："他到底什么条件？"

国字脸真不知道马来亚那边是什么条件，国字脸说不但自己不知道，连马来亚也不知道，"马来亚这人很少说谎，也不会说谎，马总就这点成功，培养的儿子不会说谎。"

"真答应给四十万，你没听错吧？"吴美芳对国字脸说。

国字脸说这种事岂敢听错！总之是你一下子就阔气了，四十万可不是个小数字！

"八字还没一撇，你千万不能对别人说。"吴美芳说。

"我明天就去报社。"国字脸说就是不知道这样的消息报纸给不给发。

接完国字脸的电话，吴美芳和刘大宝的兴奋可想而知，厨房里剩下的鱼吴美芳无心再洗，扔给婆婆去收拾，她和刘大宝坐下，灯也不开地猜了老半天，但怎么也猜不出那个条件到底会是什么条件。

"咱们是不是真是要少了？要不他们怎么会如此爽快？"刘大宝说。

"四十万不少吧？四十万还少？"吴美芳说。

刘大宝说："我觉得也不少。"

"就是少，现在反悔恐怕也晚了。"吴美芳说。

"到时候，钱拿到手你就别再出去了，可以在家里睡睡懒觉。"刘大宝开始设想。

吴美芳最喜欢睡懒觉了，刚结婚那会儿有时候会一下子睡到十一点，把整个人睡得红是红白是白，厂里的人那时候送吴美芳个绰号"睡美人"，说吴美芳只要一睡觉，人就会马上漂亮得像杨贵妃。

"以后如果搬到新房子，你就在阳台上种种菜。"刘大宝又说。

"别人不笑话咱们，我老爸也要把咱们笑话死。"吴美芳说种种菊花、兰花还差不多。

"在阳台上种花多可惜。"刘大宝说。

"种花是可惜，种菜是可笑，那咱们就什么也不种，到时候咱们坐在阳台上喝喝茶。"

吴美芳说我做事那家人，两口子下午总在阳台上喝茶吃"老正泰"。

"要不明天咱们再去看看房子？那边的阳台也老大，到时候咱们也可以在上边喝茶吃老正泰！"刘大宝忽然说。

"房子有什么好看？"吴美芳说把四十万搞定再说。

"这种事到了这地步急反而不好，这种事，你越沉得住气胜利的机会才会越多，到时候也许还可以多要五万十万。"刘大宝说。

"我跟你说过马来亚这人挺好你还不信，这回你信了吧。"吴美芳说。

"钱到手我才敢信，这会儿说什么都早。"刘大宝说，谁知道他有什么条件？

"要不，我让我爸也跟着去看看房子。"吴美芳说我爸当老师一辈子就落了一个好处，那就是学生多、熟人多，也许找到熟人房价会更便宜一些。

"飞宝也放假了，不如我爸我妈也都去，和你爸你妈中午在一起吃一顿饭好不好？"刘大宝说我爸我妈和你爸你妈还没见面呢，明天请他们吃"棒棒鸭脖"庆祝庆祝。

吴美芳说庆祝什么？这时候庆祝还太早，只可怜我翔宝不在。

刘大宝说你怎么又说起他，你一定要学会忘记，要想活得好就要学会忘记。

吴美芳说你们男人果真个个都是王八蛋，什么事都可以忘记！

"四十万是不是真要少了？"刘大宝又说。

"有本事的人能把死钱变活，没本事的人只能把活钱变死。"吴美芳说。

刘大宝说你什么意思？

"咱们也开个鸭脖店，到时候保证布什也会跑来吃。"吴美芳说。

刘大宝心想这主意不错，到时候可以让自己老爸老妈去下夜。

"就是到时候你那个师傅国字脸不要进来乱掺和。"刘大宝说。

"你有没有弄错！"吴美芳一下子跳起来，"你以为他是我奸夫啊！他是我师傅！他是为你服务，为你传递消息！为你跑腿！打电话是要交费的你知道不知道？"吴美芳说他要是我奸夫也在你前头，你气死也没办法！

"你再说什么我也不会生气。"刘大宝说我什么时候一下子有过四十万？今天是我最高兴的日子！刘大宝拍拍屁股，"一高兴，这地方都好轻松。"

十二

吴美芳一家子人去看房子，看罢房子中午在"老天地春"吃饭。

吴美芳的父亲选定了"老天地春"，说那里的老板是他学生。吴美芳一家子进了饭店，吴老师对服务员说叫你们老板过来一下。"老天地春"的张老板还真是吴美芳父亲的学生。经服务员一叫，张老板果然露了面，先是在那边朝这边一望，然后马上就"吴老师吴老师"地叫着跑了过来，连说我早就有意请吴老师过来坐坐，今天正好，算我请客。一边把服务员喊过来，说吴老师岂能坐散座，你马上去安排一个雅间，今天的饭菜不许收费算是我孝敬我老师。吴美芳的父亲马上说我们是来随便吃一口，不必麻烦你。张老板说吴老师看您说到哪去了，您来了我岂敢随便，还不让同学们骂死我，骂我当年白当他们的班长。再说美芳现在是咱们这地方的大名人，能把美芳请到也不容易。

"她的事情你居然也知道？"吴老师脸上顿时一亮，当一辈子教员，没一件事能够让吴老师夸嘴，虽说失去了一个外孙，但这件事让他面子上很有光彩，老同事们见了面都夸他培养了个好女儿。

"现在谁不看电视，不看电视也会找张报纸看看。"张老板说这种事，在咱们这地方一百年也许才会出一次，我都恨不能把美芳请过来做形象大使。

"就我这样子？"吴美芳说恐怕当保姆也快没人要了。

"你这样子怎么啦？咱们这地方要说形象好一时还真找不出比你更好的，让自己的儿子下水去救别人的儿子，光这一点我敢说就光芒万丈。"张老板说。

"是的，是的。"吴老师满脸都要放出光来。

"不是光芒万丈也是光芒千丈！"张老板又说。

"换个人也会这样。"吴美芳这句话在电视台已经说过好多次了，但每次都很软弱无力。

"也未必。"张老板，说夏天的时候，门口那个下水口井里掉进个人就没人管。

"一个大活人，能掉井里？是不是癫痫？"吴老师说。

"那天下大雨，这人骑了车奔命，一下子就掉进去了。"张老板说不过当时要是救也白救，人一下去就给水淹没了，后来还是在河那边找到的人，人给冲到河里了，从下水井一直冲到了河里，脸都烂了。

"自行车呢？"吴老师问。

张老板说自行车自然掉不进去。

"井盖呢？"吴老师说。

"早被人偷走卖了生铁。"张老板说现在

世风日下，放一个偷一个，放一个偷一个。

吴老师生起气来，"现在的人怎么连一点点道德都没有。"

"下岗人太多，个个都要吃饭。"刘大宝说别说这种事，乡下连牛都要偷，在墙上挖一个大洞把牛从洞里给弄出去。

吴老师说还有这事？连牛都偷？那么大的家伙，又不是鸡和狗。

刘大宝的父亲在一边开了口，说村里牛马驴骡都被人偷，这种事越过年越厉害，偷猪就更不用说了，家里养猪的人到了这几天夜夜都睡不好，要拿着棍子轮流给猪下夜。

"猪就不会叫？"吴老师说。

"给猪吃东西，东西里放了药，猪到时候只会睡大觉。"刘大宝的父亲说。

吴老师又说："现在的人坏得出奇，却连一点点道德都不要！"

刘大宝说："生计饭比道德重要！"

"像美芳这样的人现在是太少了。"张老板说毕竟家庭出身不一样，像我老子是个烧锅炉的，我只好来开饭店，不过也算是一个进步，从火头到灶头。

"话不能这样说。"吴老师当即笑起来，"教员再不好也还是教员。"

"所以说教员不是人人都能够做的。"张老板站起来敬酒，敬完酒他还要去招呼别的客人。张老板敬了吴老师，然后又特地给吴美芳敬了一杯酒。给吴美芳敬酒的时候，张老板说了句人们听来都觉得很耳熟的话，"人都有一个死，有的人重于泰山，有的人轻于鸿毛，你儿子就重于泰山！"

张老板敬完酒又去应酬别人，好半天，吴美芳才想起来他刚才说的那句话是谁讲过的。

"我儿可不就是重于泰山！"吴美芳说。

"小小岁数重于泰山也真不容易，翔宝的事是给你增了大光。"吴老师喝了酒，说话有点着三不着四。

吴美芳不好说什么，"增光"这两个字虽有些刺耳又不好反驳，吴美芳不好说她爸说得不对，她打断了老爸的话开始说房子，说还想看看临街的房子，"现在社会靠谁都不行，开个小店比什么都牢靠。"

"就怕到时候屁股后边跟一大堆工商税务让你麻烦死。"吴老师对女儿说。

吴美芳说到时候我就说是你的女儿，"在这条街上十个人里边有一个不敢说，一百个人里边肯定会有一个是您的学生，我怕什么？"吴美芳说。

"你开什么店？"吴老师问女儿。

"棒棒鸭脖。"吴美芳说。

"到时候我给你去卖鸭脖，个个学生都会跑过来照顾你生意。"吴老师说。

"那还不好，"吴美芳说那您就是最好的招牌，索性就叫"吴老师鸭脖"好了。

"我只是跟你开玩笑，我卖鸭脖，还不丢尽教员们的脸！"

"到时候开了店，爸妈你们就可以去店里看看店，连住的地方都有了。"吴美芳那边说吴美芳的，刘大宝这边说刘大宝的，刘大宝对他的父母说还回乡下去做什么？地都没了，这下好了。

"开店是要钱的，到哪去找那些钱？"刘大宝的父亲说。

刘大宝也是喝了酒，对他爸说就那个马来亚，翔宝救他儿子一命的那个马来亚，就他，答应一下子给四十万。

刘大宝的父亲和母亲显然是给这四十万吓了一跳，都面面相觑，刘大宝的母亲忽然有了哭腔，"我还是没白疼翔宝一场，翔宝跟我五年从来都没有病过，从来都没饿过，从来都没有哭过，从来……"

吴美芳在桌子下踢一下刘大宝，"八字没一撇你胡说什么？"

刘大宝这边说的话吴美芳的父亲当然听到了，他把脸掉向这边，忽然大发感慨："什么是深明大义，这就是深明大义！马来亚这个人原来深明大义！"说完这句话，吴美芳的父亲忽然又清醒了，问吴美芳：

"他一个卖鱼的哪来的四十万？"

"现在这社会，谁挣多少钱，怎么挣的

钱谁都不会知道，你也不用问，问也白问。"
吴美芳的母亲用一根筷子头给外孙飞宝捅骨棒
里的骨髓，一边捅一边说，就那个马来亚，明
里你看他是个卖鱼的，暗里谁知道他是做什么
的？他给钱，你拿就是，什么也别问，你也更
别操心他的钱是从什么地方来的。吴美芳的母
亲对自己老头子说，"真正能弄到大钱的没一
个像是能弄到大钱！看上去像是有钱的人往往
是穷光蛋，也许还会欠别人一屁股烂账。"

　　吴美芳忽然觉得自己的母亲真有那么几
分伟大，说实话，吴美芳一直在心里很佩服自
己的母亲，像她这么大岁数还能给别人打工做
会计的确实不多。

　　刘大宝忽然小声对吴美芳说："你说马来
亚的那个条件是什么？是不是不让咱们把四十万
的事说出去？要是这样就坏了，咱们已经说出
去了。"

　　吴美芳的脑子向来都很好使，"要是那样
的话他还会要国字脸传这个话？你以为是三四
岁孩子玩摆家家，那还能算个条件？你是不是

弱智。"话虽这样说，吴美芳也猜不出马来亚
那边会有什么条件，到此时，吴美芳心里倒有
些不忍，多多少少觉得有些对不住马来亚，尤
其是自己那天对马来亚说话的态度。

服务员端上水果来，是张老板免费赠送的，
大家纷纷吃水果。

"我刚才在心里算了一下，你妈这一辈子
加起来都没挣到四十万。"吴美芳的爸爸说。

"你怎么不算算你自己？"吴美芳的母亲
说听你这口气你是不是已经挣了八十万？

"我的价值岂能用金钱来衡量！"吴老师
现在是动不动就要发脾气，"国家给教师过教
师节，谁听过有会计节？美国也没有！"

刘大宝在桌子下碰了碰吴美芳。吴美芳瞪
他一眼。

"四十万，真想不到。"吴美芳的父亲忽
然又感喟地说教员再崇高又有什么屁用？一个
烂卖鱼的都可以一下子拿出四十万！

吴美芳的母亲问自己女儿："四十万说好
了什么时候给？"

"还没定。"吴美芳说。

"这种事可不能拖，小心夜长梦多。"吴美芳的母亲对女儿说，"还有就是到时候要去银行取现，这边取，那边就手就存，存银行比放在家里好，在银行取现还有个好处就是不会有假钞。"

"妈说得好，这种事不能拖。"刘大宝在一边对吴美芳说。

"开鸭脖店？城里鸭子不多吧？"刘大宝的母亲忽然在一旁小心翼翼问了一句。

一句话逗得大家哄堂大笑起来。

十三

俗话说人不得高兴过头，这天吴美芳出了点事。

吴美芳这几天特别忙，给人当保姆就这样，越到过节越忙，又是洗又是擦，窗帘、床单、桌布、椅套，都要一一扯下来洗过，厨房里的烹炸煎炒也要做。在别人家忙完，回到自己家还要忙，其实吴美芳满可以不忙，家里的事刘大宝的母亲都给做了，但吴美芳就是觉得婆婆做得不好，她要重新做来。这连刘大宝都看不下眼，对她小声说："我妈未必连玻璃都不会擦？她刚刚擦过，你再擦一遍算什么？"说这话时吴美芳正搬了凳子要擦玻璃，其实她还没擦，才往凳子上一站，一脚踩空，人一晃，一头从凳子上摔下来。

从医院出来，吴美芳的头上缠了几圈纱布，医生说像吴美芳这样的轻微脑震荡最好是休息几天，颈椎没事是万幸，要是一下子摔断颈椎，这个年就要在医院里过。刘大宝马上给吴美芳做事的那家人打了电话，说吴美芳年前怕是去不了，人从凳子上摔下来差点把脖子都摔断。那家男主人中午急忙忙过来看吴美芳，扛了两箱过期饮料，临走留下一句话，说不必急着回去做事，过了十五回去就行。刘大宝送他出去，在心里说，老子的老婆过了十五也未必去，那四十万拿到手，老子老婆还做什么保姆？老子未必就总是交倒霉运，一过年交好运，那四十万就是个好开头！

晚上，刘大宝的母亲给吴美芳熬了鸡汤，喝过鸡汤，吴美芳说从凳子上摔下来没摔死就是福气，还有这么好的鸡汤喝，就是不知道会不会有后遗症？现在看着没事，谁知道睡着后会不会一下子死掉？如果我死掉，到时候你会不会拿那四十万再娶个老婆回家？刘大宝说今天我倒差点儿被你吓死！我会不会再娶一个就看那四十万会不会到我手。吴美芳说你休想做美梦！第一是我不会出事，第二是我现在马上就把这四十万先抓到手。

"儿子是不是我俩生的？"刘大宝笑着说。

"你又想说什么屁话？"吴美芳说天底下哪有女人自己就能把孩子生下来的事？

"这不对啦，儿子是夫妻共同合作的产物，那四十万自然也是咱们的共同财产。"

"共同不共同先别说，往银行存的时候要用我的身份证。"吴美芳说。

"用你的身份证又怎样？还能吓死我？天底下谁不知道你是我老婆？你就是富到天上到

晚上还不是要我来睡你！"刘大宝笑着说。

"这一跤不能白摔，谁知道明天还会有什么衰事，钱到手才是钱，我这就给他打，先冲冲运气。"吴美芳马上就打电话。

吴美芳也知道马来亚的手机是和李小榕混用的，李小榕总是隔一段时间就要把马来亚的手机拿过来用一用，检查一下，这样就可以知道都有些什么人和马来亚来往，因为这事，弄得马来亚的许多朋友都不敢给马来亚打电话。吴美芳一边拨电话一边说还不知道今天这个电话是谁来接。电话打过去，接电话的果然就是李小榕。

李小榕一下子就听出了吴美芳，但她硬是装作没听出电话里讲话的是哪个。

"你是哪个？"李小榕说我怎么听不出来你是哪个？

吴美芳说我是马勇和马强的干妈。

李小榕说马勇和马强的干妈有好几个，你是哪个？是不是张秋月？

"不是。"吴美芳说。

"是不是刘小苹？"李小榕说。

吴美芳说："还你是哪个我是哪个？我是吴美芳！"

李小榕在电话里叫了一声，说你声音变化这大？我差点就要听不出来了。

吴美芳在心里说变化个鬼，有什么变化，声音还能变到哪里去，又不是说英语。

"我也正要给你打电话。"李小榕在电话里说。

"快过年了……"吴美芳把话只说一半，开个头。

"你写在纸上的东西我和马来亚都看了，十多年前一桶牛奶的价钱和现在怎么能一样？十多年前的这个价那个价都和现在不一样，所以说那是一笔糊涂账，要想弄清楚也太麻烦。这事也不必弄清楚，我和马来亚合计过了，马勇要不是你儿子小命早没了，四十万也不算太多，我这里的条件也只有一个。"

吴美芳打电话的目的正在这里，她急巴巴想知道是什么条件。

李小榕却说这事电话里恐怕不好说："最好找个地方。"

"找个地方？"吴美芳说找什么地方？

李小榕也不知道该找个什么地方，当下在电话里怔住，但李小榕已经想好了，不但要找地方，到时候还要找一些人，要大家都知道这事。张秋月已经给她出了主意，要她就此事给吴美芳重重一击，"就像电视上常看到的那样，两个拳击手跳来跳去，最后得胜者就是那个能够重重把对方一拳击倒的拳击手。"但张秋月也知道李小榕这个拳击手不太好当，因为人家吴美芳的儿子毕竟救了她儿子一条命却因此丢了性命。张秋月对李小榕说，你千万不能在人们的眼中变成知恩不报的人。

"要不就来我家吧？"李小榕在电话里说，这样一来，自己还会占些优势。

吴美芳在电话里迟疑一下，"要不，你和马来亚过来，让大宝好好烧几个菜。"

"你们大宝还会烧菜？"李小榕说。

"你不知道他在街头卖过小炒？"吴美芳

说刚下岗那一阵子。

李小榕说想起来了想起来了，李小榕嘴上这么说，心里却在想该不该去吴美芳的家，这只是一转念的事，她马上明白到吴美芳家更好，到时候吴美芳想发脾气都发不出来。"那好吧。"李小榕说只是要再叫上几个人才好，不等吴美芳表态，李小榕说到时候把你们师傅国字脸也叫上，还有，报社的郭小涛，那天见了我还说要去看你，你看看把他一块儿叫上好不好？还有电视台的黄小林。

吴美芳在心里算算，这就七个人了，吴美芳的家很小，到时候把饭桌边上的电冰箱挪一挪，七个人还是能坐得下的。吴美芳在心里又算了算，反正自己没事，何不就定在明天？到时候又不用自己下厨房，头上虽然缠着纱布也无所谓。吴美芳把自己的想法一说李小榕那边马上表示同意。并且说报社的郭小涛和电视台的黄小林由她来通知。

"那就明天中午？"李小榕说。

"好，就明天中午。"吴美芳说。

吴美芳想好了，明天中午让刘大宝的爸妈带上飞宝去他表姑家吃饭，谈这种事，吴美芳最不愿意让刘大宝的爸妈知道，到时候也许又会眼泪鼻涕一大把。四十万不是小事，万万不能把两个老的搅在里边。

"你说马来亚会不会明天就把钱提来？"刘大宝说。

"不会吧？四十万得多大一袋子？"吴美芳说马来亚也没那大的胆子。

"不可能用袋子提吧，那多不方便。"刘大宝说。

"我看得放这么一小提箱。"吴美芳说。

"开玩笑！"刘大宝说这么一小提箱岂能放下四十万。

十四

李小榕接吴美芳电话的时候正在"大亚洲"里做头发，快过年了，发廊里等做头发的人特别多，李小榕此时正和她的好朋友张秋月在一起，两个人从小一起长大，关系又最好，李小榕有什么事都要找张秋月出主意。李小榕一接电话，一说话，张秋月就知道她是在接谁的电话，是怎么回事。接完吴美芳这边的电话，李小榕刚把手机收起来，张秋月马上对李小榕说你是不是傻×？我看你真是个傻×！李小榕说哪个是傻×？你为什么说我傻×？张秋月说你还说你不是傻Ｘ？你办你的事，你叫电视台和报社的人做什么？这种事你是不是还想把全世界广播电台的人都拉上？

"那又怎样？"李小榕说。

"你是不是想让全世界人都知道？"张秋月说。

"那又怎样？"李小榕说。

"知道的人越多就对你越没好处。"张秋月说到时候也许只有坏处。

"坏处？"李小榕不知道这个坏处在什么地方。

"说到家这又不是什么好事，所以知道的人越少越好。"张秋月说再说公家的事岂是她吴美芳说推翻就推翻的，报纸也登了，电视也播了，那两万奖金她也拿到手了，她一百个办不到！所以你根本就没有必要让别人知道，你让别人知道什么意思？你请两三个人来，到时候他们向着你还是向着吴美芳，假设有两个人向着你，也不会没有一个人不向着吴美芳，到时候更说不清。张秋月的主意是：

"这事你对吴美芳直说就可以，还吃什么饭？你更不能到她们家吃饭，这么大的事。"

李小榕想想也是，"那怎么办？"

"再给她打呀，现在就打，把饭推掉。"张秋月说。

李小榕就又拿起手机给吴美芳拨过去，手机一拨就通，那头接电话的是刘大宝，刘大宝正和吴美芳坐在一起商量明天吃什么菜，喝什么酒，上什么茶，刘大宝马上把电话递给了吴美芳。李小榕在电话里对吴美芳说明天吃饭就不必了，明天她还有别的事，再找时间再说吧。李小榕只说了这么两句，说完就"啪"地把手机一合。

　　李小榕刚把手机合上，张秋月就又对李小榕说：

　　"看你的样子聪聪明明，想不到你做事这么拖拖拉拉。"

　　李小榕说："又怎么啦？又有什么不对？"

　　"你还说另找时间，你找的是什么时间？此时不说你更待何时？"张秋月的意思是，此事要趁热打铁，把要说的话现在就说给吴美芳，把那个条件现甩给她！让她及时清醒！

　　"现在就告诉她？"李小榕说。

　　"就现在，未必为这事你还要到大至街摆一卦？"张秋月说。

　　"她要是不同意呢？"李小榕说。

　　"你傻啊！"张秋月说她同意不同意都是她输，她同意了，市里给的"十佳少年"谁能撤销得了，那两万块奖金她又能不能退回去？两样她一样都办不到！她不同意，那你不正好一分也不给她。

　　"对啊。"李小榕说这几年自己当教员硬是把脑子给当糊涂了，遇不得大事！

"你就是和马来亚吵吵架还可以！"张秋月说。

"这么大的事，现在就打？"李小榕说。

"这么大的事才要现在打。"张秋月说未必你还要召开什么大会！

吴美芳那边，刚刚放下李小榕的电话，正在和刘大宝分析为什么李小榕刚刚说好来家吃饭怎么又改变了主意？这时候电话又响了，又是李小榕打过来的，吴美芳忙把电话拿起来。吴美芳接电话，刘大宝在一边耸了耳朵听，这一次，李小榕在电话里说了什么刘大宝根本就听不清，刘大宝只看到吴美芳的脸色一点一点在垮掉，到后来吴美芳拿电话的手都在抖，这一次手抖和上一次不同，上一次是激动，这一次是愤怒。电话没接完，吴美芳已经一屁股蹲在那里，转瞬间，吴美芳对马来亚的那点点好感已经荡然无存，气愤一转眼已变成无比的仇恨。

"怎么回事？"刘大宝忙要扶吴美芳起来。

"马来亚！你不得好死——！"吴美芳尖

叫起来，眼泪随之哗哗哗哗掉下来。

吴美芳的公公和婆婆打开门朝外张望了一下，刚想说什么，被刘大宝立刻打住。

"你们看你们的电视！"

刘大宝把吴美芳扶到床上，要她千万不要激动，吴美芳忽然悲从中来猛地拍一下床，忽然又悲从中来猛地拍一下床：

"翔宝——翔宝——！"

"马来亚——马来亚——！"

"马来亚！你不得好死——！"

吴美芳忽然停止了哭，问刘大宝："不是做梦吧？"

"你没事吧？"刘大宝说。

吴美芳就又大哭起来。

十五

天气预告中的雪一点点都没得下，只天边有一点点薄云。

走在街上的吴美芳此刻很扎眼，头上缠着

那么一大圈儿白纱布。

吴美芳现在眼里什么也没有，别人怎么看她无所谓，她眼里只有愤怒，她胸口那地方也什么也没有，也只有愤怒。一晚上没有睡好，吴美芳的头上是一跳一跳地痛，早上起来，刘大宝要随她去医院，吴美芳说自己未必就会一下子死在路上！吴美芳不要刘大宝跟她，她也没有打出租，她是步行从家里走出，往南走，上了南大路，再往北上解放路，这年的冬天连一场雪都没得下，暖和得简直不像个冬天，但往北走还是让人觉着冬天毕竟是冬天。吴美芳头上的伤给风一吹，一跳一跳疼得更加清晰。

吴美芳要去的地方在解放路最北边，而吴美芳的那两条腿却把她带到了大正偏街。过街时，吴美芳差点被一辆疾驶的货车挂住，那司机从驾驶舱里探出头开口便骂：

"不想过年啦！路上又没猪屎，想吃你也不要来路上找！"

吴美芳想还一句，张张嘴，却没骂出来，只觉头晕。

大正偏街那里，人们采购年货已经到了最高峰，这个高峰马上就要跌到最低最低的低谷，那就是腊月二十九，腊月二十九来这里买年货的人就差不多没多少了。这热闹会转到每家每户里去，购买的狂热会变成做年饭的种种琐碎。吴美芳的两条腿把吴美芳从西往东带，快要带到马来亚的水产店时，吴美芳才像是猛地一下子清醒了过来。大正偏街此刻人挤人，在水产店里忙碌的马来亚根本就不会看到吴美芳，吴美芳也看不清马来亚是不是在店里，吴美芳进了马来亚水产店斜对面的一家卖温州小商品的店，她隔着玻璃朝马来亚的小店看，终于看到了马来亚，在店里边走过来，走过去，拿货，招待客人，忙碌得很。马来亚的忙碌让吴美芳的心里更是气愤难当。昨晚吴美芳悲愤交加骂了自己一夜，直骂自己是不是瞎了眼！当时怎么就会让翔宝下水救马来亚的马勇，人家的儿子现在活蹦乱跳，你自己的儿子却从此一去不返！下水救人的时候，翔宝的眼里还有一丝丝犹豫，吴美芳还说马勇都快要给淹死了你还在想什么？你比他高一脖子半你怕什么？水虽然没吴美芳想象的那样深，但水里的漩涡却是吴美芳想不到的。吴美芳现在只有暗自骂自己的份儿：你放着好好儿的日子不过让翔宝下水救的是什么人？人家的儿子得一条命，你的儿子丢一条命，都说知恩必报，想不到马来亚两口了倒弄了套儿要你往里边钻。

"马来亚你不得好死——！"

吴美芳此刻再一次在心里尖叫了起来，她心里的尖叫旁边的人当然不会听到，但她脸上的泪水旁边的人却不可能熟视无睹。

这家的店老板想必是认错了人，在旁边一边做着手里的事一边劝吴美芳不要伤心，"人的寿命都是天给定了的，就像是算术题，有的长一些，有的短一些，但到最后都得有一个答案，每个人的答案其实就只有一个，那就是死，到时候人人都得死。吴美芳明白这家老板是认错了人，是自己额头上缠的白纱布让他认错了人，这家小店什么都卖，也卖白事用的东西。这家老板确实是认错了人，把吴美芳当作一大早赶来买白事物品的那个女人。

"你看好没看好！"吴美芳突然发了火，她指着额头上的白纱布说我这是受伤缠的纱布你以为是给哪个带的孝！快过年了你知道不知道！吉利一点好不好？

吴美芳从这家小店一下子冲出来，人在此刻，便像是没了方向感，或者也可以说方向感更加明确，此刻是吴美芳的两条腿带动着吴美芳，而不是脑子在那里起作用。大正偏街北边就是过去的二纺，现在是一大片拆了一大半的烂房子，当年这里的住户差不多有两千多户，都是二纺的工人，开发商把房子拆了一半儿，另一半儿要到明年开春再拆，眼下因为是冬季，此时此刻这里显得特别的荒凉，几乎看不到几个人，就是有人出现，也是图近道，从这里抄个近道去大正街，或者是去解放路，或者是去大至街。吴美芳对这条路十分熟，当年送老大翔宝上学，她抄惯了这条近道。她还在这条道上来来往往卖过大半年甜玉米。听说大至小学过了年也要拆掉，要迁到北新花园那边去，拆这么多房子听说只为了把老城墙修起来，城墙一修起来大至街就不复存在而将要变成一个大广场。现在的大至街满可以说是一条文化街，文化馆和博物馆都在这里，再往南是人民公园。但最最不好的地方就是大至小学周围现在开了许多小饭桌和麻将馆，头条二条三条都是这样，正正经经的麻将馆是在屋子里，有茶水瓜子，给老头老太太们开的麻将桌就直接摆在街两边，马来亚的母亲就天天来这里打麻将消磨时光。

昨夜吴美芳整整一夜都是半睡半醒，早上起来比没有睡觉还要累。

吴美芳先是梦见自己和刘大宝在到处找翔宝，她在梦里居然清清楚楚看得到自己那张惊恐万状的脸，当然还有刘大宝那张脸，后来这个梦就变了，自己的那张脸变成了李小榕的脸，和李小榕那张脸一起出现的是马来亚的脸，马来亚和李小榕的两张脸惊恐万状交叠出现在吴美芳的梦境里，马来亚和李小榕的嘴在吴美芳的梦里一张一合一张一合，问的是同一句话：见没见我们强强？见没见我们强强？梦醒后，吴美芳再也睡不着，满脑子都是找孩子的场面。吴美芳睡不着，刘大宝却睡得有滋有味，吴美芳用肘子把刘大宝杵醒，刘大宝吓了一跳，一下子坐起来，说是不是要去医院？吴美芳说天还没亮，鬼才要去医院。刘大宝说头现在疼不疼？吴美芳说不是疼是懵，像是给灌了一罐子铅在里边，全怪马来亚！马来亚你不得好死——！刘大宝说你骂他可以但你别大声叫，你看看现在是什么时候。吴美芳说我偏要叫，偏要骂，"马来亚不得好死——！"对！你半夜都爬起来骂他不得好死，恐怕他这一世真要不得好死！刘大宝又快要睡着的时候，只听见吴美芳在那里自言自语，说到处找不到孩子的滋味恐怕要比死都让人不舒服！你要不要吃一片睡觉药？刘大宝迷迷糊糊又问了吴美芳一句。翔宝出事后，好长时间吴美芳都是靠吃药睡觉。刘大宝怕吴美芳吃多了药，把药放在只有他才知道的地方。

从大正偏街穿过二纺厂拆了一半的那一大片烂房子，吴美芳去了大至街那家商店，吴美芳上小学的时候就有这家百货商店了，她还记着小时候自己到这家商店去买香水铅笔，那种粉颜色带个金属铅笔帽的铅笔，又细又短，放在鼻子下边闻闻还真是香。听说这家商店也要拆，商店门内边是八字形的水泥扶手，孩子们最喜欢在这个滑梯样的扶手上玩儿，水泥扶手已被滑得幽幽发光。当年，吴美芳也在上边打过滑梯。吴美芳果然看到了马来亚的老二强强，正在那里滑上滑下玩得起劲，和马来亚老二强强一起玩的还有另外几个小毛头。

吴美芳站住，看着那边。一夜的失眠让吴美芳明确了自己应该做什么，愤怒又给吴美芳出了个主意，这个主意简直就是沙漠植物，转瞬间抽枝长叶开花结果！吴美芳走过去，像上次那样，抱起强强就走。

"马来亚，你死吧！"

吴美芳听见一个声音在自己心里狠狠地说。

没人看见吴美芳抱着马来亚的强强，吴美

芳走得很快。

"马来亚，你休想过好这个年！"

吴美芳听见那个声音又在自己的心里说。

强强乖乖地被吴美芳抱着，吃着吴美芳塞给他的糖果。

"干妈干妈咱们去哪里？"强强说。

吴美芳说干妈带你捉迷藏，"藏到一个谁也找不到你的地方。"

"干妈干妈你怎么有眼泪。"强强说。

"风吹的。"吴美芳说。

"干妈干妈！车——"强强突然尖叫了起来。

对面有一辆大卡车轰轰隆隆奔驶而来，吴美芳忙往旁边一跳，脑子被惊得一亮。

"你赶死啊——！"吴美芳朝远去的车骂了一句。

"不是他赶死，是你走路都不晓得看一下前后，你看看有多危险！"旁边一个骑自行车的老头对吴美芳说，你还抱着个孩子，要是出了事，一下子两条命，那司机还不会被你害死。

这老头一边说一边骑着车子慢慢慢慢远去了。

吴美芳把马来亚的强强抱紧了，前边又过来一辆车，车上拉着两个巨大的红灯笼。那么大的灯笼，不知道要往什么地方送？吴美芳现在对什么都不感兴趣，也不想知道，她只知道自己要去什么地方，她已经看到了前边苏联楼房顶上的那个大水箱。那个水箱真人，像个小房子。

十六

晚上九点多，马来亚突然接到自己兄弟来好的电话。

来好在电话里语无伦次，他说，"哥，哥我跟你说你先别急。"

马来亚说，"你要说什么？你还没说出来我急哪个？"

"先说强强在不在你身边？"来好说。

马来亚说强强一直跟着妈，我这几天忙得都转不开身。

马来好说妈现在在我这里，你家老二强强不晓得跑到什么地方去了。

"强强不见了？"马来亚惊了一下，说什么时候的事？

来好在电话里说他已经和他老婆找了好一会儿，几条街都找遍了，从大至街一直找到了解放路都看不到强强的影子，这会儿天已经完全黑了，你好不好给你老婆打个电话，看看是不是她把孩子抱走了？马来好在电话里说虽然这种可能性很小，但哥你最好还是赶紧问一下。

"妈一打麻将就什么也不顾！"马来亚说。

"先别说这些，你先给你老婆打电话。"马来好在电话里说。

"这下子好，让她再打！"马来亚说。

"你先给你老婆打电话吧！"马来好说别的先少说。

马来亚此刻正在回家的路上。他马上停下车给李小榕那边打电话。李小榕一听强强不见当即就在电话里尖声骂起来，连说马来亚你妈还会不会看孩子？马来亚说先别说我妈会不会看孩子，如果孩子不在你那里咱们就赶紧找吧，现在都九点多了。李小榕说要是强强丢了我跟你妈没完！你妈难道只会打麻将？

马来亚想骂一句，但他忍住了，给小舅子打了电话让他过来帮着一起找。

天已经黑了，马来亚的小舅子马上赶了过来。姐夫和小舅子两人先顺着大街找，一边找一边喊，见商店就进，问商店里的人见没见一个五岁的小孩。找来找去，马来亚是越找越心慌，在心里也埋怨自己的老妈，你打的是哪份麻将？这下子来个大败局，把个孙子都打进去了。顺着大街找了一遍，马来亚忽然觉得强强会不会从菜市场那里进了旁边的小区，他便和小舅子又进小区去找，先是在院子里喊，然后是一个楼一个楼一个单元一个单元地进去喊。马来亚在外边喊，里边的一条狗跟着叫起来，后来那家主人也跑了出来。说这条狗是前几天刚刚捡到的，是你们的你们就拉走。

马来亚大声说我们是在找人，哪个在找狗！

李小榕这天是和张秋月两个人去买过年的

衣服，此时也顾不上再转商店，张秋月也跟过来，她们去了大正街，从大正街一直找到大正偏街，李小榕的嗓子都几乎喊破，她此刻也顾不上再埋怨婆婆，她对张秋月说强强会不会让人贩子给抱走：

"听说像强强那样大的小男孩一出手就是六七万。"

"那就赶紧报警。"张秋月说。

"听说要是给卖器官的人抱走下场就更惨，到时候心是心、肝是肝一份一份分开卖。"李小榕说我婆婆天天都在那里打麻将，出了事她倒躲到她家老二那里，她未必躲得过！

张秋月说这时你还顾得上说这些，强强真没了你也未必能把你婆婆拉出来判刑。

"要是真丢了，我跟她要……"李小榕忽然停住口不说。

"未必你也想跟她要四十万？"张秋月说。

"那我也放不过她，她十条老命都比不上我强强一条小命！"李小榕说强强虽然岁数小也不是十万二十万能够打发的。

"其实不结婚蛮好。"张秋月说孩子就是最大的拖累。张秋月到现在还是独身，年轻的时候风花雪月，至今对象一个未成，现在已经没那心思。

张秋月陪李小榕去了派出所报警，李小榕没说几句话就放声大哭。

"大至还是大正？说清楚，哪家商店？"警察皱着眉头说。

李小榕看了一下手表，时间已接近十一点，便又哭起来。

马来亚这时恰又打来了电话，问李小榕这边怎么样？"找到没有？"

"你妈把孩子丢了你倒让我找。"李小榕几乎是尖叫。

"都几点了你还说这些。"马来亚的声音里充满了愤怒。

"屁话！"李小榕说。

马来亚百般忍不住，在电话里也开了骂口："你才是屁话，放你妈溲屁！"

李小榕本是贱人，马来亚那边一发脾气她

倒没脾气了。

"你说，强强会不会去了我妈那里？"

马来亚在电话里说你妈那里我已经去过了，"没有！"

这天晚上，马来亚和李小榕还有他们那些能赶过来的亲戚一直忙到凌晨，从大正街一直找到了江边，江水滔滔，江风阵阵，新桥工地那边灯光闪闪，哪里有孩子的影子？这边忙着找孩子，马来亚母亲那边却突然急得犯了病，天快亮的时候，来好叫来一辆急救车，把母亲送到了医院。急救车里放着许多饮料，病人都没坐的地方，司机说这些饮料都是医院过年要分给职工们的福利。司机让马来亚的母亲躺在那些饮料上。

马来好想开口骂，却摸出一支烟。

"是不是强强在哭？"车行半路，马来好的母亲突然坐起来，说。

马来好说这时候恐怕鬼都在睡觉，哪有孩子哭。

"小时候，我把你用绳子拴在卖茶水的车上你还不是照样没丢？"马来好的母亲又说。

马来好的心里突然有一丝酸楚："我们那时哪有现在这么娇贵！虽然我老子还是个总工。"

"要是真丢了，我怎么向你嫂子交代？"马来亚的母亲说。

"哪容易就丢掉，也许在什么地方睡着了。"来好说。

"那还不冻死？"马来亚的母亲说。

"这天气，哪能就冻死人？"马来好说。

十七

吴美芳一夜无眠，耳边总像是听见强强从大水箱里发出的尖叫。

昨天，她抱着强强先去了公园，在那里一直待到天黑，然后才去了苏联楼，摸黑上那个楼，她一次次差点被绊倒，苏联楼当年是这个城市最好的楼房，当年不知道有多少人羡慕住在这里的人，既有自来水又有电话，有姑娘的人家都想把姑娘嫁到这里来。可现在楼梯上到处都是破砖烂瓦水泥块儿，拆迁户秋天都已经搬走。吴美芳抱着强强走上楼去，一直上到了最高层，也就是四层，穿过楼顶的那个小门，吴美芳抱着强强站在了楼顶上，风一下子大起来，远处是好大一片的灯光，二桥那边的灯光尤其好看，是一个好看的弧。抱着马来亚的强强，吴美芳闭上眼问自己，"是不是把马来亚的强强送回去？"有一个声音马上就在她脑子里愤怒地响了起来，"不能送！不能送！不能送！"吴美芳睁开眼，远远的灯光映入她的眼帘，她的脑子又像是一下子清亮了，一个声音又在心里问她，"你这是做什么？做什么？做什么？""做什么？我儿翔宝也是一条命！未必就是一根草！"吴美芳听到另一个声音在愤怒地说。此时此刻，愤怒已经让吴美芳顾不上那许多，她抱着强强爬上了水箱。水箱上面都是鸽子粪。吴美芳把水箱盖子打开，踏着钢筋焊的脚踏下到了水箱里。吴美芳从家里带来了手电，手电一晃，水箱四壁的霜花被照得闪闪烁烁。吴美芳从水箱里出去的时候，强强尖叫起来。强强的尖叫让吴美芳的一颗心狂跳不已，她忙把水箱的盖子盖上。吴美芳从家里带来一把锁，水箱的盖子被她死死锁住。

吴美芳向来做事都重手重脚，这天早上手脚就更重，不是碰东就是碰西，抱着那件军大衣和一大堆东西从家里出去的时候，刘大宝正在厕所里解决自己的问题。刘大宝有便秘的毛病，前几天多吃了几口马来亚的辣火锅嘎鱼，这几天肚子里着了火一样百般不舒服，已经有五天没得拉出屎来。听见门响，刘大宝在卫生间里问了一声，"这么早？"吴美芳说这还早，迟了就买不到老文林的豆腐了。刘大宝说你头那地方怎么样？要不我去？吴美芳说那天没摔死大概就死不了，多干点儿比不干好。刘大宝说老文林豆腐急什么，"又不是什么珍稀东西，你在屋里歇着，还是我去。"

说话的时候吴美芳已经从屋里走了出去。刘大宝在卫生间里继续厕他的硬屎，这时屋里电话响了起来，刘大宝忙提了裤子去接，是吴美芳做事那家男人打来的电话，问吴美芳那箱子奶粉放在了什么地方？他们要喂小孩儿，却百般找不到奶粉。刘大宝说吴美芳这会儿不在，等她回来我告诉她。吴美芳做事的这家男人说她怎么也不配备个手机？现在手机又没几个钱，连大正街那边的乞丐手里都拿个小灵通！刘大宝心里说有手机也不会告诉你，好让你时时刻刻把她拎在手里？那是我老婆，你以为是谁！

"吴美芳去医院了！"刘大宝说。

放下电话，刘大宝又提着裤子去了卫生间，刚有那么一点意思，屋里的电话铃又响，那点点刚刚来到的便意一下子又没了，刘大宝干脆不再拉，提着裤子骂骂咧咧去接电话。电话是国字脸打来的。

"小吴呢？"国字脸说。

"去医院了。"刘大宝说你徒弟差点儿没一跤摔死。

"怎么回事？"国字脸说快过年了她又玩哪样花样？

刘大宝说那还不怨她自己，我妈刚刚擦过的玻璃她要再擦一次，"头朝下从凳子上摔下来，颈椎那地方差点儿摔断。"

"她这个人就是这样，别人做事她都不会相信。"国字脸在电话里说当年在农机上班的时候就这样，不过那时好赖还拿到个技术标兵，她这脾气注定改不了。

"改不了就再摔吧。"刘大宝说她那脾气就只有吃亏，她爸妈当年也没教她！

"你知道不知道马来亚把老二丢了？"国字脸忽然在电话里说。

"丢了？"刘大宝吃了一惊。

"丢了。"国字脸说。

"什么时候的事？"刘大宝说。

"就昨天下午。"国字脸说。

"真丢了？"刘大宝说。

"到现在还没找到。"刘建成说。

刘大宝忽然觉得心里猛地畅快了一下，身子也好像猛地轻松了一下，下边也像是不憋了，"莫不是又掉在水里！世上没这么巧的事吧？"

"马来亚一家人都找过江去了，找到开发区那边了。"国字脸说。

"哈哈！有意思，上帝真是有眼！给马来亚来个大活该！"刘大宝在心里欢叫起来。

国字脸说马来亚和他老婆现在都快急疯了，马来亚的老妈都急病住院了。

"那么个小人能去什么地方。"刘大宝说。

国字脸说马来亚的老二掉到江里倒不可能，他那小个子又上不到江边的栏杆。就怕碰到人贩子，年是人人都要过的，人贩子也不可能不过年，顺手抱一两个孩子一转手就是十多万！国字脸说这几天别让你家飞宝出去乱跑。

"我家飞宝？"刘大宝说他又不傻，这世上除了我，能玩儿转他的人恐怕还没出世！

国字脸又问吴美芳的事，"医院说没说要她住院？"

刘大宝说她那脾气你也知道，一大早又去买什么老文林豆腐，头上缠老大一圈白纱布，又像阿拉伯又不像阿拉伯。

"还是她不疼。"国字脸说这下子你们那

四十万我看年前马来亚那边顾不上了，孩子找到还好说，找不到他哪顾得上？这才是好事多磨。

刘大宝不便对国字脸说那四十万的事，在心里不免又大骂，"马来亚，你个王八蛋！"

刘大宝不准备蹲厕所了，他恨不能吴美芳马上回来。

"马来亚，你个王八蛋！"刘大宝对着窗子大骂了一声。

十八

快到吃中午饭的时候，吴美芳才从外边回来，她还在门口换鞋，刘大宝扑过去就对她讲马来亚家老二丢掉的事，吴美芳的反应却让刘大宝大失所望，吴美芳一边换鞋一边说两条腿长在小人身上，未必就是丢，也许走到了哪里，过一阵子又会走回来。

"你是不是已经知道马来亚的老二丢了？"刘大宝说。

吴美芳一愣，说我怎么会知道？又没人告

诉我。

刘大宝说你说这是不是上帝给马来亚的一个大活该！

"人家丢孩子，你未必要开心成这样！"吴美芳说。

"我以为你会高兴。"刘大宝说。

"你自己好好儿高兴吧。"吴美芳说。

"马来亚丢了儿子我就是高兴！"刘大宝把身子转了一个圈儿，"我为什么不高兴！"

吴美芳没跟他吵，重重叹了口气，站起来去了厨房，刘大宝的母亲此刻正在厨房里忙晚饭，吴美芳站在那里破天荒地问了一下，"妈，要不要我做什么？"做婆婆的突然受宠若惊起来，说你快些歇歇，你快些歇歇。刘大宝也跟进了厨房，问吴美芳你是不是把买好的老文林豆腐忘了拿回来？我去取，你早上出去不是说要去买老文林的吗？吴美芳说想起来了，走到路上就把这事给忘了。刘大宝说你要不要去医院？你头怎么样？是不是这会儿懵得更厉害？吴美芳是有些懵头懵脑，她懵头懵脑从厨房出来又进了大屋，公公在那里看电视，飞宝也在看，吴美芳叹了口气，又从这屋出去进了自己那小屋，懵头懵脑又站在了窗前。

刘大宝跟进屋，又问："你头是不是难受，要不要去医院？"

吴美芳坐下来，"那天摔不死就死不了，还去什么医院！"

"死不了就好，这下有好戏看。"刘大宝说。

"国字脸有没有说马来亚他们都去什么地方找过？"吴美芳说。

"马来亚的家人都找过江了。"刘大宝说。

吴美芳说就是不知道大至街周围他们去了没？二纺他们去了没？大正街他们去了没？

"乖乖！我哪会关心这些屁事！"刘大宝一拍屁股说，"老子就知道这事老子很开心，这回可以让马来亚全家过一个好得不能再好的年！我认为这个强强丢得是千好万好，让马来亚和他老婆也知道没了儿的滋味！"刘大宝转一个身，又对吴美芳说，"我刚喝了一杯番泻叶，这会儿大有感觉，我得赶快去完成我自己的任务。"

刘大宝去了卫生间，再提裤子出来时，吴美芳正在打电话，是给国字脸打，问马来亚那边都去什么地方找过？什么什么地方去过没有？什么什么地方去过没有？

国字脸在电话里说："都找到江那边的开发区了。"

吴美芳愣了一下，"真是瞎找！"

"可不是瞎找，到这时候马来亚只有瞎找。"国字脸在电话里说。

刘大宝在一边站着说："你头疼不疼！你头疼不疼！他家老二如果再掉水里你是不是还准备再发一次善心？"

"那你也未必会敲锣打鼓庆祝一番吧！"吴美芳说你刘大宝一个大男人什么时候做过大事！除了你们农科所的蔬菜种子庄稼种子你还做过别的什么事？你知道什么是大事，有本事你弄个大事出来？有本事你弄个大事出来让马来亚看看！有本事你让马来亚过个从来都没有过过的好年！

刘大宝愣在那里，把吴美芳的话琢磨了好一阵。

"让马来亚过个从来都没有过过的好年？"刘大宝说什么意思？

"有本事你跟我去趟马来亚家！"吴美芳说。

"去他家？"刘大宝的语气之中忽然有几分讥讽的味道，"就凭那四十万还没给你准备好！"

吴美芳说未必就是为了那四十万！

十九

吴美芳去了马来亚的家。天变了，风刮得很大。

马来亚想不到吴美芳会来，开门的时候愣了一下。

吴美芳不但来，还提了几包"老正泰"点心。马来亚和李小榕都在家，李小榕的哥李小猛也在，还有马来亚的弟弟来好和马来亚的父亲马总，马总老多了，看上去又瘦又小，很难让人相信他当年就是农机的总工。这天马来亚印了许多寻人启事，自己出去贴了一部分，剩下的请朋友和熟人帮着贴。家里出了事，人人的脑子都像是灌了水，想不出主意，却又要硬想些主意出来，到这时候人们才知道，丢一个人倒比死个一人都让人难受，人死是一种结束，而一个人丢了找不到却是对人们的持久折磨。马来亚的家里很乱，该洗的没洗，该做的没做，都在那里堆着，李小榕的两只眼哭得像是烂桃。

　　马来亚住的还是农机当年分给他父亲的房子，虽然当年的三室一厅都比不上现在的两室，但要是和吴美芳的房子相比还是宽大了许多。当年吴美芳他们经常来马来亚家做客，吴美芳做菜不行，不是煳掉就是死咸，所以洗碗和收拾家都是她的事。马总还认识吴美芳，问吴美芳现在做什么？吴美芳把手伸出来让马总看，说天下是不是只有保姆的手才会这样？马总又问吴美芳头上是怎么回事？吴美芳说不小心摔了一下。吴美芳只坐了一会儿，和马总说了一小会儿话，然后便去了马来亚家的厨房，厨房里是又脏又乱，她打量了一下，便马上开始收拾，这就是吴美芳，两只手一辈子闲不住，连她自己都骂自己是犯贱！吴美芳先把好几天没洗的碗"哗啦哗啦"给洗了，又把烂掉的菜也顺便收拾了，干巴了的芹菜放在一个塑料袋里，把地上的垃圾也扫了。前几天马来亚带回家的鱼已经有了味儿，吴美芳把鱼也收拾了出来，鱼头已经不能吃，都一只只给吴美芳用力崭下来。

吴美芳收拾厨房的时候马来亚进来说了一句："收拾它干啥？"

收拾完厨房，吴美芳又去了马来亚家的卫生间，马来亚家的卫生间比吴美芳家的大许多，里边不但有洗澡盆，还放了洗衣机，吴美芳又帮着马来亚洗那一大堆床单枕套和衣服。

吴美芳洗衣服的时候马来亚又进来了一下，说："洗它干啥？"

衣服在洗衣机里转着，吴美芳又就手帮着马来亚把家掸了一下，一边掸一边顺手拿起一张寻人启事看了一眼，禁不住说道：

"寻人启事上怎么也要写出个数儿来，重谢，到底重谢多少？"

马来亚脸红红的还没说话，坐在那里的李小榕却一下子暴跳起来：

"你是不是来看我的笑话？啊——！"

李小猛把妹妹一下子拦住，"你怎么这样？"

"你发什么疯？"马来亚大声说。

"这种事当然应该说清楚给多少，你不要以为天下的人都跟我一样善良！"吴美芳即刻火起来，几乎是"嘭"的一下。

马来亚忙把话岔开，问吴美芳头是怎么回事？

"刚才已经说过了，那就再跟你说一遍，凳子没踩牢摔的！"吴美芳说。

"没事吧？"马来亚说。

"有事也是自作自受！"吴美芳说。

李小榕已经被她哥拉到了另一间屋子里，门也给从里边关上。

"也怪我妈。"马来亚想把话岔开，说上

岁数的人打打牌可以，但不能只顾打牌……

吴美芳说别说这些，"你老婆放假在家怎么就不帮着看几天！那是她儿子，又不是你妈的儿子！"

马来亚忽然不知道该说什么了。

马来亚的父亲马总忽然在一旁开了口，"说得对，你妈岁数也大了。"

吴美芳已经穿好了衣服，要走了，她和马来亚的父亲道了声别，要他多保重。

"还是老农机的人好啊。"马总没头没脑地说。

马来亚把吴美芳送出来，站在那里，说："人结婚做什么？结婚就是给自己找麻烦！生下孩子就更是找麻烦！"

"你老婆现在有眼泪，我现在连眼泪都没了。"吴美芳说。

"我知道你为什么来。"马来亚说。

"知道就好，我儿子的命也是一条命，不是什么随手就可以捞到的东西！"吴美芳的胸口那里已是一片波澜起伏。

"就按你的话来，假如你是我，你去什么地方找四十万？"马来亚说。

吴美芳答不上来，脑子里一片茫然，找不出一句话，嘴唇好一阵子乱抖。

"李小榕不同意给四万是她没人味儿！可你一下子开口就要四十万也未必有多少人味儿！"马来亚心里的闷气汹涌而出，"人是个什么东西？人到底是个什么东西？"

"那你就好好想想！"吴美芳说，大声说，声音大得头都要痛起来。

"人是个什么东西？人到底是个什么东西？"离开马来亚家的院子，寒可刺骨的风从北边吹来，吴美芳在心里一遍遍地问着自己。吴美芳在心里一遍遍地问着自己，跌跌撞撞，人已经站在了27路公交车站牌的下边，她背着风，车一辆一辆地过去，带起一阵一阵的寒风。人是个什么东西一下子不好说清，但孩子还是孩子。她不知道马来亚的强强此刻在楼顶上的水箱里会不会有事？今天上午她把大衣和一些吃的送了过去，强强的哭叫声让她心惊胆跳。好在那地方早已是人去楼空，不会有人听到强强的哭叫。又一辆公交车过来，吴美芳忽然清醒过来，她要到对面去坐 27 路才行，在这边坐 27 路只会越坐越远。吴美芳跌跌撞撞离开了站牌往对过走。大正北道这一带此刻车并不多，吴美芳一边往对过走一边望着左边，想不到右边一辆小车猛地出现在吴美芳的眼前。

吴美芳只来得及尖叫一声，人一下子飞了出去。

"人是个什么东西？"

吴美芳飞出去的时候脑子里还想着这句话。

二十

吴美芳在医院里昏迷了整整三天，三天后，吴美芳醒来，她睁开了眼，看到了坐在她周围的亲人，还有放在床头的水果和罐头，还有一束花，已经快干枯掉，插在窗台上的一个罐头瓶子里。吴美芳的苏醒像是用了很长时间费了好大的劲，这其间她喝了点水，还吃了一点点水果，直到第二天下午，吴美芳才像是突然想起了什么，她忽然一下子坐了起来，把刘大宝还有吴美芳的母亲吓了大大一跳。吴美芳坐起来还不行，她把手上的液体也一下子拔掉，然后摇摇晃晃下地，然后是不顾一切跌跌撞撞往外冲。她穿得很单薄，因为躺在病床上，她只穿了一身秋衣秋裤，她就那么一下子跌跌撞撞冲出了病房，骨科病房在二楼，她跌跌撞撞走到楼梯口却不得不停下来，她站不稳，刘大宝从后面抱住她，吴美芳身子没有一点点劲，她软在刘大宝的怀里。

"马来亚的儿子，马来亚的儿子还在水箱里！"吴美芳挣扎着说。

那个年轻警察也跟着追了出来，他负责在医院里看守吴美芳，一旦吴美芳醒来，马上把她隔离。

"马来亚的儿子还在水箱里。"吴美芳挣扎着又说。

"你怎么能做那种事？"在后边抱着吴美芳的刘大宝对吴美芳说。

吴美芳停止了挣扎，回过脸，看定了刘大宝。

"你怎么能做那种事？"刘大宝又说。

"马来亚的儿子——"吴美芳说。

"你怎么能做那种事！"刘大宝又大声说。

"马来亚的儿子——"吴美芳大声喊了起来。

"一切都完了——"刘大宝说一切都已经完了，完了！

吴美芳整个身子突然坠下来，坠下来。

"马来亚，你个王八蛋——！"

吴美芳听见刘大宝的骂声，这声音突然又很小，也许只有吴美芳可以听到，刘大宝又在吴美芳的耳边说："都完了，我告诉你，一切都已经完了。"

吴美芳小声说："马来亚的强强怎么了？"

刘大宝的声音更小了："告诉你，我要跟你离婚！"

吴美芳不再说话，瞪大了眼，看刘大宝。

"我要跟你离婚！"刘大宝又对吴美芳说。

"离婚？"吴美芳说。

"对，离婚！"刘大宝大声说。

走廊里的回音很大，连病房里的人都听到了刘大宝的喊叫。

二十一

春节过去，天气一天比一天热，吴美芳服刑的监狱和别的地方一样，院子里的桃花也相继开了起来。当年，农机院子里也有几树桃花，开起来也这么好。吴美芳看着桃花当即发起呆来。和吴美芳一起待在院子里晒太阳的犯人问吴美芳发什么呆。吴美芳说哪个发呆？我是想起我们农机院子里的桃花，比这里开得都好。那犯人说世界上的桃花都比这里的好。吴美芳说我先是在农机上班，还得过奖，后来下岗去卖玉米，捡了一个包，包里有六千元，我把包交给了警察，后来我开电梯，因为给飞宝打毛衣让给辞了，再后来我给人家当保姆，一天倒有差不多一整天都待在人家家里。现在我待在这里……吴美芳突然不说话了，她看着身旁那株桃树，那株桃树的树杆上刻了许多深深浅浅的道子。她知道那道子是一个犯人刻的，那上边所刻的每一道都是一天。

吴美芳无心在桃树上刻道子，她也无心想以后的事，她不知道自己出去的那一天飞宝会不会站在外边等自己，但她知道到那时飞宝肯定已经是一个大小伙子了。

"飞宝——"吴美芳在心里低低喊了一声，眼泪不禁又淌了下来。

"哭什么哭，做人要硬气一些！"吴美芳的心里有一个声音在说。

但吴美芳就是硬气不起来，只要一想起飞宝，她的心就永远硬不起来。

"飞宝、飞宝、飞宝——"

吴美芳大喊了起来。

驰向北斗东路

一

　　整个下午，干货都特别兴奋。

　　干货的两只耳朵一直留意着车上的广播。

　　干货自己也说不清自己是想听到那个关于寻包儿的广播呢还是不想听到，下午三点到三点半之间是说评书的时间，评书要说半个小时，要在平时，干货会在这个时间段抓紧时间拉几个客，但干货决定不拉了，先把肚子喂饱了再说！他到这会儿还没吃中午饭，中午的时候他和他女人去了一趟大姨子家，干货一进门就对他大姨子小声说："姐，有好事了，有好事了！"干货的大姨子·不知道妹夫碰到了什么好事，傻着两只手站起来，她还没有做中午饭，她的饭总是吃得很晚，这样她就可以多粘些鞋底子，她男人死后她就一个人过，天天在家里给温州人粘鞋底，脸给粘鞋底的胶呛得都是绿的。干货就把那个包儿拉开让自己大姨子看了一下，干货的大姨子被包里那么多的钱吓了一跳，忙把手上沾满了胶的手套甩了，连问出什么事了？出什么大事了？怎么这么多钱？干货说让您妹妹跟您说，看看是不是好事，看看还能有什么事能比这事好。

干货这时候觉得肚子饿了，停好车，干货进了顺城街那家朝北的小面馆，他选了一个临窗的小桌，这样可以在吃饭的时候照应一下自己的车，那些毛头总是喜欢用涂鸦笔到处乱涂，到时候想洗都洗不掉。干货要了一碗面，外加一个给酱油卤得发黑的鸡蛋，还有一条儿炸豆腐，要在以前他还会再加一个肉条儿，不过最近面馆老板说肉条儿没法子卖了，肉价涨得太厉害，以前一个肉条儿才两块钱，现在要卖到三块五毛钱。干货很喜欢吃这家面馆的肉条儿，那红彤彤的肉条儿，肉皮给肉汤泡得老厚，吃起来真是香。

虽然面条很香，但干货还是吃不到心上，一碗面"唿唿唿唿"吃得飞快。

干货一边吃面一边看小面馆墙上的那个绿塑料壳子表。

面馆里很热，老板只穿一件二股筋背心，他过来和干货开玩笑：

"是不是和小姐约好了？要来他妈那么一下子？"

干货说来他妈一下光钱不行，还要身体。

"就你这身体！"面馆的小老板说就怕俄罗斯女人也得举手投降。

"这两天可不行，这块儿地方累得连自己老婆都不想，还敢想别人。"干货拍拍腰，说这几天一回家就他妈想睡觉，你看这满街都是人，乱哄哄的，就像是没过过个年。

"再来点儿面汤？"面馆的小老板说。

"不了不了。"干货抹抹嘴说。

擦擦嘴，点支烟，干货从面馆出来，对面银行的玻璃猛地晃了他一下，有几个女人在对面上来下去地擦那几块大玻璃，但玻璃上乱七八糟的涂鸦就是擦不下去，那几个女的动了刀，刮得玻璃"吱吱"乱叫。干货下了台阶，上了车，迫不及待地开了车载收音机，交通台刚好开始播"为您服务"节目，是主持人高山播的，高山的嗓音特别好，干货特别爱听他主持的节目。高山先播一则寻人启事，在这个乱哄哄的世界上，又有一个人走丢了，而且还是一个花枝招展的小姑娘，寻人启事播过，又响过一阵子零零碎碎的音乐，接下来，干货就听到了他又想听到又不想听到的那则寻物启事。干货赶忙把自己的黑壳子手机取了出来。这时有个中年乘客上了车，"唿哧唿哧"抱着好大一摞杂志往车上挤，终于挤了上来。干货顾不上问这个乘客去什么地方，他只听广播，广播里说："刘女士于今天上午在乘坐一辆夏利出租车从东华门往新世纪花园的路上不小心把一个黑色的皮包丢在了车上，包里装有巨款，请捡到的司机师傅与13103428211联系，刘女士必有重谢。"广播里这么一说，干货马上就想起来了，肯定就是那个女的，胖胖的，在北斗路上的车，上了车也没什么话，穿着一件半旧的红羽绒服，领口袖口都又黑又亮，根本就不像是个有钱人的样子。干货把车放到最慢，用自己的手机把广播里的那个号码记下了，坐在他旁边的中年乘客把那摞子杂志捣了一下手，侧过脸看干货，看干货往手机上记号码，忽然说："巨款，什么巨款？要是巨款肯定就丢不了，丢四千五千不好找，丢一大笔巨款一般不会找不到。"干货说那为什么？中年乘客说，一上三万就是大案了，丢十万二十万还不是大案中的大案，到时候会在所有的出租车中搞排查。

"搞排查？"

"一个挨着一个查。"中年乘客说这种事不会查不出。

"跑同一条线的车多着呢。"干货说。

"那也不难。"中年乘客说失主到时候还要当面认人。

"拾金不昧。"干货忽然脱口说出了这么四个字，这连他自己都觉得莫名其妙。

"现在谁还讲拾金不昧？不偷不抢就是好人中的好人了。"中年乘客笑着说。

把中年乘客送到地方，干货把车停在了路边，他的心里很乱，刚才那个乘客说得对，他们公司也曾经搞过排查，那次是有人在出租车上丢了一台笔记本电脑，把失主急得跟什么似的，说他那笔记本里有国家秘密，找不着就要出大事了，也许美国都要有行动了。结果后来查来查去还是给查到了，那次就是排查，把所有司机一个一个叫去盘问，还让那个失主认人。

干货的心里现在只有一件事，该不该给那个丢包儿的刘女士打个电话。

干货把手机上记下来的电话号码看来看去，直看得心烦起来。

"去不去华林街？"这时有人弯腰在车外边问。

干货让乘客上车，才走不远，路又堵了，前边是乱哄哄的一片车，五颜六色的车壳子在冬日的太阳下闪闪烁烁，干货只好把车停下来，不知停了多长时间，前边忽然又通了，而干货还在想该不该打电话的事。

"前边都动老半天了，师傅！"坐在一旁的乘客说。

干货这才听见后边的车喇叭早已"呜哩哇啦"响成一片。

"妈的×，还会不会开车！"

后边的车赶了上来，司机从车里探出头来骂。

"你又不是赶着去猪场投胎！"干货说你骂什么骂。

二

把乘客送到北斗南路，干货已经打定了主意。

干货觉得自己应该给那个刘女士打个电话，十万不是个小数目，快过年了，自己女人说得靠谱，别弄出个什么大事才好，再说那黑皮包是那个花里胡哨的年轻人先看到的，谁知道那个年轻人怎么回事？谁知道那个年轻人现在是不是已经把这事告诉了交通台？干货决定先打个电话问问，就说是给自己朋友问的，看看那刘女士怎么说。干货想好了，这个电话必须要在电话亭里打，绝对不能用手机打。从北斗南路出来，干货把车开到了东边的临河花都，这地方是商品楼工地，夏天拆房的时候这地方就像是挨了炮轰，现在这里又平静得出奇，那五六个黄颜色塔吊在那里静静立着，等待着春天的到来，工地东边是个小树林，西边往下走就是结了冰的"甘果湖"，当年干货还在这里参加劳动，也不知挖了多少湖泥，湖边这时连一个人都没有，湖上倒有一圈闲人在滑冰，也只是转圈子，一圈一圈地转，干货看清了，其中一个人是一边转圈一边抖空竹，空竹一下一下抛得很高。

人家的日子怎么就过得那么滋润？干货看着那些人，在心里说。

干货进了电话亭，电话亭里边的玻璃上喷了一行又浓又黑的涂鸦："啊，我要×你！"

干货在身上摸硬币，把硬币放在了手心。

"就说电话是替朋友打的。"干货对自己说，把硬币抛了一下。

"就说朋友太忙走不开。"干货又对自己说，把电话摘了下来。

电话一打通，干货愣了一下，接电话的竟然是个男人，这让干货吓了一跳，怎么会是个男的？干货拿不定主意了，是说话，还是把电话放下？

"喂喂喂喂。"电话里的声音睡意蒙眬，这人好像还没怎么睡醒。

"你是不是13103428211？"干货小声问。

"你说吧，刘女士是我的保姆，是不是你捡到包儿了？"电话里的男人说你先说说包儿什么样，有什么特征，你在什么地方捡的？那辆出租车又是什么颜色？

"你是不是13103428211？"干货又说。

"不必拨什么号你自己都不清楚？你拨的什么号？"

干货听得出来，电话里的这个男人蒙眬之中有些烦，这男的说他已经接到七八个这样的电话了，有几个人竟然还在电话里要求先把好处费给他们。

"我怎么知道你是不是真捡到了包儿？"这个男的在电话里说。

干货定下心来，两眼看着外边，说自己虽然不是那个捡包儿的人，但那个包儿自己见过，干货就把那个黑皮包儿是什么皮子什么拉链儿，什么牌子都说了出来，还包括包儿上的一个小细节，那小细节就是包儿上有个不怎么起眼的小口子，很小很小的一个小口子，这种细节一般人根本就不会知道。

"那小口子给用什么胶粘了一下。"干货说。

"你在什么地方？"电话里的声音马上清晰起来。

干货没说话。

"你朋友叫什么？"电话里的男人又说。

干货的手指在玻璃上划了两道，想随便说个名字，但一时不知道该想个什么名字。

"怎么不说话？"电话里的男人说，"你朋友什么条件？"

"好处费？"干货把话接上了，小声说，"我朋友想问问你那边能给我朋友这边多少好处费。"

"你说呢？"电话里的男人说。

"这事得你说。"干货说你是失主。

干货听到电话里一阵子窸窸窣窣，那男的又在电话里说了："名字，身份证号码？"

"身份证！"干货心说根本就不可能告诉你身份证！告诉你身份证干什么！

"我们互相又不认识。"电话里的男人说。

干货有些慌，他没想到还会有这种事，"不要身份证行不行？"

"哪家出租车公司？"电话里的男人说。

干货想这与公司无关吧？"这是你和我朋友私下的事，我又不是开车的。"

这个男人在电话里停了停，说："你是不是就是那个司机？"

"不是。"干货忽然慌了，想把电话放下了。

"是也没关系。"电话里的男人说，"这样吧，时间、地点，约一下。"

干货结巴了一下，说我过一会儿再给你打电话吧，我这会儿有点事，办完了事再给你打好不好，我还得和我朋友再商量商量。不等对方说话，干货已经把电话慌里慌张地放下了。

干货给自己点了支烟，隔着电话亭的玻璃看着那边。

湖边那个人还在转圈，还在抛空竹，这下真不巧，忽然一下子摔倒了。

干货从电话亭出来了，电话亭外边也乱糟糟喷了些涂鸦，鲜红的心脏、鲜红的生殖器和鲜红的嘴唇！还有一支贯穿在心脏上的箭。干货望着那边，那人已经站起来了，又在冰上转了起来。干货想自己是不是应该再找个电话亭？把好处费的事说定了，能不能对半儿分，最好各五万？干货忽然觉得这么做是不是有点儿亏，那个包儿要是不给失主呢？是他们自己不小心把包丢车上的，不给失主，那十万不就都是自己的吗？十万可不是个小数目！这么一想，那个花里胡哨的年轻人又在他脑子里出现了。

"操！"干货把烟头扔掉了。

三

刚刚离开电话亭，干货被自己的手机铃声吓了一跳。

干货手机的铃声是鸡叫，一声比一声尖锐，乘客常被这铃声惊到。

街道上背阴处的坚冰给太阳照得十分刺眼，六七个警察在路边砍冰，冰屑都飞到了干货的车玻璃上。干货把手机放到耳朵边，电话是他女人打来的，他女人的声音从手机里传出来显得特别特别遥远，他女人语气神秘地问他现在在什么地方，能不能马上回来一趟。他女人告诉干货她这时还在她姐姐家里。干货说是不是让我去接你？干货的女人说事情没你想的那么简单，你最好马上回来一趟。干货的女人在电话里把声音放得更低，说快过年了，咱们可别上了别人的当才好。干货女人的话让干货一时摸不着头脑。干货说你说什么？有什么当可上？不会有什么当吧？再说街上也没卖"上当"这种东西的地方！干货的女人在电话里说你还有心开玩笑，你也不想想，一个人怎么会把十万块钱忘在车上？会不会是假币？会不会人家把假币放在车上做圈套？让你傻×往里钻！你敢保证那个花里胡哨的年轻人就没记住你的车牌号？现在的年轻人不偷不抢就是好的了，还会发现有包儿他自己不打开？反而乖儿子样拱手交给你？

干货女人的意思是先不要管这包是什么人

的！"要是假币麻烦可就大了。"

"假币！"干货说你瞎说什么。

"现在许多人都用假币设套儿你知道不知道？"干货的女人说到时候人家说你掉了包儿，跟你要十万你怎么说？到时候你有嘴也说不清，你去什么地方给人家找十万？把房卖了？住猪圈？或者是住0号垃圾箱？

干货给自己女人的话吓了一跳，"要是这样谁也别在这个世界上活了！"

"现在的人们什么坏主意想不出来！"干货的女人说。

"再好好儿看看。"干货要他女人把那包儿里的钱都一张一张好好儿看看。

干货的女人说她和她姐已经看了老半天了，"人都差不多看晕了。"

"你对着光。"干货说上边有水纹就不会假。

"好像是模模糊糊。"干货的女人说这事有些蹊跷，现在的人抢还来不及呢，怎么会把这么多钱一下子给丢掉？恰好又丢在你的后边座上，恰好又来那么个花里胡哨的年轻人，哪会有这么巧？也许就是那个年轻人设的套儿。

"不会吧？"干货忽然也担心起来，他不打嗝了，好了。

"你回来，咱们去一下银行。"干货的女人说。

"不会是假币吧？"干货又说。

"要是呢？"干货女人说。

"不可能是假币吧？"干货又说。

"要是呢——"干货女人的声音变尖锐了。

"哪能会有那么多假币？"干货说。

"要是呢！"干货女人在电话里更急了，干货的大姨子也在电话里说了句什么。

干货真的有点害怕起来了，刚才接电话的为什么是个男的？会不会就是那个花里胡哨的年轻人，会不会真有圈套？会不会自己已经落到什么圈套里了？要是这样那就太糟了。

"我刚才给丢包儿的人打过电话了。"干货对自己女人小声说，"你猜怎么样？想不到接电话的是个男的，怎么会是个男的？广播里说丢包儿的人是刘女士，应该是个女的才对，那男的说刘女士是他的保姆。"

"看看看！看看看！"干货女人的声音更加尖锐起来。

"怎么会是个男的？"干货说。

"也许就是个圈套！"干货女人说你还不赶快回来！

干货把方向盘朝左打朝左打，把车掉过来了。

四

干货眯着眼看着前边，过了儿童公园再往东，十字路口一过就是他大姨子家，那地方叫苹果园，可那地方连一棵苹果树都没有，不但没有苹果树，连杏树都没有，都是些迟早要拆掉的烂房子，那些烂房子的周围又都是些烂垃圾。已经是下午四点多了，街上的小贩更多了，年货都已经摆到了大街上，花生、柿饼子、核桃，鸡、鸡腿、鸡翅、鸡头、土鸡、西装鸡，猪头、猪蹄子、猪尾巴、猪里脊、猪心、猪肺，还有鞭炮，花花绿绿的鞭炮摆得到处都是。干货把车停到了大姨子家对面，这样车一有响动，他马上就会知道，干货车上的报警器特别灵，天上打雷它都会"啊呀啊呀"叫半天。晚上听着车叫，干货有时候会忍不住笑出声，他觉得自己的车太像女人了，打个雷也会"啊呀啊呀"叫半天。

敲开大姨子的家门，那股子浓重的化学胶水味就又一下子扑了出来。

干货发现他女人和大姨子已经都穿好衣服了，甚至都准备围围巾了。

"走吧走吧。"干货的女人说。

干货的女人和干货的大姨子已经把那十捆钱又换了一个包儿，那十捆钱已经给干货的女人和他的大姨子一张一张看过，结果是越看越糊涂，越看那些钱越像是假币，几乎是，没一张像是真的。这会儿那十捆钱又都给一捆一捆捆扎好了。

"都几点了？"干货的女人是个急性子，她把放钱的包拎了起来。

"不急不急，先让我喝口水。"干货说怎

么说我也得看看。

　　"肉眼根本就看不出来。"干货的女人说咱们还是快走吧。

　　"去银行到底好不好？"干货端着水缸子，"你说咱们这么做会不会引起银行保安的注意？"

　　干货女人的意思是只要别去有熟人的地方就行，"谁认识谁？"

　　干货说就怕不认识人人家不给你做这事。"最好别去银行。"

　　"要不去超市？"干货女人看着干货，说超市的验钞机随便用。

　　"不行不行。"干货马上表示不同意，眼下要过年了，超市里人又多，你在那里"哗啦哗啦"验了一万又一万，旁边的人还不眼红死？乱哄哄的被人抢了怎么办，到时候也许美国都会广播这件事了。

　　干货伸手到袋子里把钱拆了一沓，抽几张出来，用手揉揉。

　　"没问题吧。"干货用中指弹了一下。

干货的女人马上把手指伸过来，说你看看这儿，你再看看这儿，是不是不那么清楚？

干货的女人这么一说，干货也拿不准了，他把钱又放到眼前。

"走吧走吧。"干货的大姨子把围巾围上了，她也是个急性子，她们姊妹三个都是急性子，干什么都风风火火的。

"不去超市咱们就去银行。"干货的女人说。

"那咱们就去银行。"干货说要是假币，到晚上就扔公安局门口。

干货把他大姨子给他倒的那缸子水喝了，水里也有股子粘鞋底的胶水味，喝了水，干货的主意忽然又有了，"要不，去了银行就说是包工队年底要发工资，想知道这钱会不会有问题？"干货甚至已经编了故事出来，"就说去年包工队发的工资里边有不少假币，人们给假币害苦了，弄得许多人连年都过不了，全家老小哭得哇哇的，还有人要上吊。"

"到时候银行的人问是从哪个银行取的假币你怎么说？"干货的女人说。

"就说谁知道包工头是从哪个银行取的。"
干货说。

"要都是假币，人家银行把咱们都扣了怎
么办？"干货的大姨子说到时候哭得哇哇的可
能是咱们，咱们连年也别过了。

干货没主意了，愣在了那里，如果这十万
块钱都是假币，银行就很有可能会把他们扣住，
然后再一点一点展开调查，也许还会弄成个什
么大案，到时候不但母亲的病会加重，儿子的
学习也许都会受影响，弄不好还得再转一次学
校。

"真要出了事到时候怎么说？"干货看着
自己女人。

"不会一万一万地验？"干货的女人忽然
拍了一下手，有了新鲜的主意，"十捆钱打十
个包儿，去一个银行验一万，再去一个银行再
验一万。"

"对，一万一万地验。"干货的大姨子说。

干货也认为这个主意相当好，这么一来就
不会引起嫌疑了。

干货的女人马上去找报纸，"哗啦哗啦"把十捆钱又分开了，再用两个塑料袋子分装好。

"不行不行。"干货说最好找十个塑料袋子，去一个银行拎一袋儿。

干货的大姨子又去找塑料袋子，找好了，再一一分开，共十个塑料袋儿。

"行了吧？"十货女人说这卜行了吧？

干货的大姨子提着塑料袋子左看右看，"从外边看不出是钱吧？"

"看出来又怎么样？"干货说咱们出门就上车，小偷未必就敢跳到车上。

五

干货拉着自己女人和大姨子去了银行，路上车多，车走得非常之慢。

干货一路把喇叭按得"嘟嘟嘟嘟"响，但喇叭按得再响，车还是像个老蜗牛。

干货和他女人、大姨子又在车上合计了一下，到了地方，干货在车上等，他女人和他大姨子一万一万地进银行里边去验，其余的钱就都放在车上。

车虽然开得慢，但还是慢慢过了洞天宾馆，这家宾馆是用防空洞改建的，钟点房算是市里最最便宜的，一小时只要十元钱，所以许多情人都喜欢在这里开房间做事，所以这家宾馆越来越出名。过了洞天宾馆，车再往西，慢慢慢慢往离儿童公园不远的那家银行开，那家银行离干货大姨子家最近，干货他们准备第一个就先去这家。快到这家银行的时候，车在十字路口处又堵了。干货的大姨子这时忽然想起了什么？指着外边，说："看看看，看看看，就这个小区，就这个小区，去年就是这个小区。"干货的大姨子说就路边这个小区，去年有家人一下子就丢了三十万现款，后来那小偷给抓了起来，警察调查那家人的时候那家人却死都不肯承认丢过钱。

"你说他们为什么不敢承认？"干货的大姨子问干货。

干货笑笑，这事他早就听说过。

"他敢承认，他要是承认了还不闹出个更大的案子？"

干货的大姨子忽然愤怒起来，说凭什么他们有那么多钱！"因为他们的钱来路不明！"

"有钱人的钱有几个是来路明的？"

干货说我们色织厂大前年连地皮都卖了，我们厂当年多美好，产品都销到上海！连上海人都穿我们的产品，可现在地皮卖得一寸都没剩，工人一分钱都没有，厂长却去北京买两套房子，他的钱来路明不明！

"这钱要是来路不明就好了，到时候……"干货大姨子的声音忽然小下来。

干货从后视镜里看着大姨子，说人家已经在交通台播了。

"播了？"干货的大姨子说。

"播了，那还不播。"干货说。

"说没说好处费的事？"干货的大姨子说。

"说必有重谢，这种事，往坏里想就是拿不到一分钱咱们也不算赔。"干货说。

干货的大姨子忽然生起气来，说不给好处

费就是不给他们!

"没那个花里胡哨的小伙子就好了。"干货说也许那小伙子已经把咱们的车号记住了,也许那小伙子已经把咱们给举报了。

"什么小伙子?"干货的大姨子说。

"花里胡哨的小伙子。"干货说包就是人家先在车上看到的。

"是不是跟小北他表哥一样,烫一头黄毛?"干货的大姨子马上开始表示自己对大妹妹的不满,她侧过脸对干货的女人说看看你二姐把伟伟惯得像不像个人样,水开了都不懂得动手关一下煤气!裤兜里整天放着个避孕套,他结婚了吗?他才十八,他避什么避!

干货忍不住笑了一下。

干货女人也忍不住笑了一下。

三个人都忽然笑了起来。

六

从银行出来,路边的灯早已经亮了,对面

饭店灯火辉煌，门口有一群人在嘻嘻哈哈。

干货和他女人还有他大姨子三个人简直是心花怒放，那些钱居然没一张是假币。

干货又去电话亭给那个男的打电话。干货的女人和干货的大姨子在车里等着。

电话通了，接电话的还是那个男的，那男的一下子就听出是干货，在电话里说："等等，等等，我再来两下子。"干货不知道电话里的这个男的"再来两下子"什么意思？等了片刻，这个男的才又拿起电话说话，说："干了就不好弄了，要趁湿，你快点儿说。"

干货不知道什么干了就不好弄了，这个男的在弄什么？

"怎么样，你朋友那边怎么样？"电话里的男人说你那个司机朋友也太忙了吧。

"快过年了嘛。"干货说是朋友就应该互相帮助，不帮忙还叫什么朋友。

"你又换了个电话？上午不是这个号。"电话里的男的说你怎么不用手机打？

"我没手机。"干货说。

"出租车司机没手机谁相信？"电话里的男人说。

"我跟你说过我不是开车的。"干货的脑子亮了一下，他对自己的这种机智忽然很满意。

"你真不是司机？"电话里的男的说。

"我是搞水果的。"干货说完这句话就后悔了，他觉得不应该说自己是卖水果的，说别的什么不好？比如说自己是警察，或者是工商。还可以说自己是税务，或者是记者，但他不能说自己是这些人，这些人哪个没手机。

"你那儿有没有西番莲？"电话里的男的忽然问。

干货不知道什么是西番莲。"是不是番石榴？"

电话里的男人说看你也不是卖水果的，西番莲味道最特别了，味道就像是，电话里的男人停了一下，"有些像新鲜的精液。"

干货愣了一下，他第一次听说水果的味道像精液，"那味道还有人吃？"

"你不是卖水果的吧？"电话里的男人说。

"我主要搞苹果。"干货说富士苹果，黑富士、红富士、绿富士、蓝富士。

"那你更应该有手机，做生意没手机怎么行？"电话里的男人说你没手机怎么联系业务。

"刚丢了。"干货说过了年准备再买个新的。

"让你朋友给你买？"电话里的男人笑着说，"你朋友应该给你这个好处费，你打一个电话换一个地方挺辛苦，大腊月的你这么辛苦。"

干货说打打电话有什么辛苦，这要辛苦，干别的还不都辛苦死了。电话里的男人既然把话说到了好处费上，下边的话就好说了，干货放低了声音，他朝外边看看，电话亭周围根本就没人，但干货还是把声音放得很低。

干货说："那个，那个，那个好处费的事怎么说？"

"你先说你能不能代表你的朋友？"电话里的男人说。

"当然能。"干货说要不我朋友怎么会托

我打电话。

　　电话里的男人停了一下，好像在和旁边的人说什么。

　　"请问能给多少？"干货又问。

　　"快过年了，五千，怎么样？"电话里的男人说。

　　"不行不行。"干货心说那也太少了吧，"太少！"

　　"五千还少？你一年能挣多少？"电话里的男人说。

　　"太少太少。"干货又说，看看外边。

　　"一万，一万总可以了吧？"电话里的男人心说就不说拾金不昧吧，也不能这样。

　　"要是让别人捡上，也许你那十万一分不剩都会姓了别人。"干货说现在这种人太多了，你们是碰上好人了，别看我的朋友是出租车司机，但我朋友是好人，现在是什么时代，你以为雷锋还活着？他要是活着也老了，只剩下一把白胡子！

　　"一万不少啦。"电话里的男人说你朋友

是什么意思？

"四万。"干货说。

电话里的男的吃了一惊，"别以为钱在你们手里就可以狮子大张口。"

干货觉得自己拿电话的手都有些抖了，他本不想再说什么，但他的嘴好像是一下子不由他了，"要是我，去十万能有五万回来我就会高兴得见人就叫爹！"

电话里的男人笑了，说：

"他妈的，还有这么说话的，两万！就给你们两万。"

干货的心"怦怦怦怦"乱跳了起来。

"两万不少了吧？"电话里的男人又说。

"不多。"干货的心跳得更厉害了。

电话里的男人说你约个时间吧，别啰唆了。

干货说快过年了，你那边可能也等着用钱，"两万就两万吧，明天上午怎么样？"

"明天上午？"电话里的男人想了想，说行。

干货又说了个地点，"北斗路行不行？"

"行。"电话里的男人说离他们馆不远。

干货不知道电话里的这个男人说的是什么馆。

"但是我明天过不去……"

干货刚才已经和自己的女人还有大姨子合计好了，这种事要做得十分周密才行，明天的事还是由他、他女人、他大姨子三个人来做，到时候他们会装着谁也不认识谁，他装着不认识她们，她们也装着不认识他，电话里的这个男的又没见过干货，他只听过干货说普通话，到时候干货改说满口家乡话就马上又是另外一个人了。干货到时候要装着跟这件事没一点点关系，装着是临时在街上打的出租车上的司机。

"明天让我朋友的女人给你把包儿送过去。"干货小声说有人出车祸了。

"你那个开出租车的朋友呢？"电话里的男人说。

干货小声说就是他的车出事了，"要不他今天就自己给你打电话了。"

"噢——"电话里的男人说那就让女的来吧。

"女人你还不放心？"干货说。

"长什么样儿？"电话里的男人说我得知道她长什么样，到时候别弄错了。

干货想把自己女人的长相说一下，但好像一下子怎么都说不来了，干货女人的长相也太一般了，只是那两个乳房好像比一般人大一些，其他就都太一般了，太一般的事其实最最难说。干货想起了自己女人经常穿的那件很薄的橄榄绿小大衣，除了橄榄绿小大衣，干货又把自己女人的小灵通号码告诉了电话里的男人。

那男的忽然在电话里笑了一下，说这事搞得有点像是特务接头。

干货笑了一下，却没有出声。

干货准备挂电话的时候那男的又在电话里问："衣服什么颜色？"

"橄榄绿。"干货说。

"还橄榄绿！"

"橄榄绿半大小大衣。"干货又说。

"还半大，这回有钱了，能穿全大的了。"

"妈的！我老婆未必就穿不起！"干货在心里说，"你呢，怎么认你？"

"到时候我在手里举一枝蜡梅。"

"更像特务接头？"干货又在心里说，忍不住笑了一下。

七

干货差点睡过了头，他好长时间没像昨天晚上那么兴奋了。

新的一天早就开始了，干货拉上自己女人和大姨子急匆匆去了光华路。

车还没开到地方，干货远远地就看到那个人了，那人在那里把两只脚跺来跺去，手里果然举着一大枝电话里说好的蜡梅，那是一枝很大的蜡梅，这几天蜡梅还没大开，所以街上手里拿蜡梅的人没几个。"就是他，就是他。"干货的女人说除了这个人就不会是别人。

干货把车慢慢贴过去，贴过去。

这是个瘦瘦的男人，头发乱乱的，但人很精神，穿着件很漂亮的带帽子的那种尼泊尔粗线毛衣，看样子像个搞艺术的。

干货把车停在了这个男人的身旁，干货的女人下了车。

"橄榄绿。"这个男的看了一下干货女人，笑了一下，手里的蜡梅没处放，又拿不进车里来，他就把它放在了车顶上，他抬腿进了车，坐在干货旁边的座儿上，说掉不下去吧？小心别把我的蜡梅掉下来。

这个男的一上车干货就开始说家乡话。

"包呢？"这个男的一上车就说。

干货的女人对干货说这地方人太多，"师傅你好不好再往前开开。"

干货就把车顺着东便道往东开，车开出了东便道，再往东就是火车站了，那里是一片阳光，人来人往，烤白薯的炉子热气腾腾，谁也弄不清楚那地方为什么有那么多烤白薯的。

"行了吧？"那男的说还要往什么地方开？

干货用家乡话对自己女人说："停不停？"

"师傅你再开，再开。"干货的女人朝后边看了看，她发现后边好像有辆车跟着。

干货就继续开，火车站很快就过了，往东

开，就是去三桥的路，往南开，车就又拐进市里了。路边有许多人在砍冰，因为要过年了，户外的卫生活动就是砍冰。

"再往前开，再往前开。"干货的女人说，她回过头看看，那辆车又不在了。

"这又不是干什么，怎么还开？把包给我就行了。"那个男的说。

干货没听这个男的的话，把车又朝东开了开。

"停停停。"这个男的生气了，"往哪儿开？还真当是特务接头？"

干货在前边又用家乡话问了一声："停不停？"

干货的女人说要不就这儿吧，干货女人说话的时候干货的大姨子一直不开口，她的手紧紧地抓着那个包儿，这会儿，她把这包儿交了出去，交给了那个男的。那个男的把包儿拉开，手伸到包儿里去摸，摸了一遍，又摸了一遍，突然说：

"怎么？是八万？"

"不是说好的吗？"干货的女人说那两万

不是说好了吗?

　　"那也得先把十万交给我,再由我拿两万给你们,你们连这规矩都不懂!"

　　"八万没少一分吧?"干货的大姨子说了话。

　　那男的看样子根本就不想把钱细数一遍,这时气了,却非要数了,他把那八沓子钱取出来"哗哗哗哗、哗哗哗哗"数起来。数好了,又把钱放包里,开了车门,人还没出去,又回过头很生气地说:

　　"没你们这么办事的,谁让你们先下手把好处费拿走的!"

　　"八万没少一分吧?"干货的大姨子又说。

　　"这种事,哪有事先就把那两万扣了的。"那男的把车顶上的蜡梅花取了下来,气鼓鼓的,他想拦一辆车,那边来车了,但司机看到了那一大枝树枝,车停都没停。

　　干货在车里看着这个男人,把车慢慢慢慢倒着,干货想把车倒回去掉个头。那男的忽然又挥挥手里的蜡梅跑了过来,生气地说:

　　"停停停!把我捎回去!"

"去原来的地方？"干货用家乡话说。

"现在的人就是见不得钱！"这个男的把蜡梅放在了车顶上，又上了车。

干货用家乡话说："爹亲娘亲都不如钱亲。"

"我记住你的车牌儿了。"这个男的忽然对干货说。

干货把脸掉过来，说你记我的车牌干什么？我又没怎么你。"你什么意思？"

"你会不会说普通话？"这个男的说。

"不会。"干货说我是外地人，才出来做事，东南西北都搞不清！

"你每天都戴墨镜？"这个男的说。

干货大声说你别用这种眼光看我好不好，我一个开车的知道你们什么屁事？

"你们认识不认识？"那个男的问干货的女人。

干货女人说："天下的出租车司机多着呢，我男人就是出租车司机。"

"你拿这么个包儿，包里又不是放了一卷

卫生纸，你敢随随便便打出租车？你不找个熟人？"那个男的说你这话谁相信？鬼才相信！现在谁敢这么大胆子？

干货佯装生了气，用家乡话大声对自己女人和大姨子说："到地方你们就赶快下车，或者你们有事下去说，你们是干什么的，要不我把你们都拉到局子里去。"

到了北斗路东边的便道，这个男的一跳下了车，在车外弯下腰说。

"谁还不会演戏，钱倒不重要，我画一幅画又是十万！但是没有这种规矩！"

干货也跳下车来，用手摸摸，很生气地说要看看是不是车顶给划了。

"你以为这是钢筋！"那个男的愤怒地把手里的蜡梅挥了一下。

干货又上了车，他一踩油门，把车"呼"地开出去，那个男的被甩在后边，人越来越小，越来越小，不见了。干货的女人和大姨子这才在后边笑了起来，直笑得东倒西歪。干货女人说刚才我紧张得汗都要流到鞋子里了建设你知道不知道，多亏建设你家乡话还说得来，多亏建设你说的那个刘女士没来，要是那刘女士来了你还不把马脚露出来。

"两万！两万！两万！"

干货把汽车喇叭拍得好响。

"两万！两万！两万！"

干货把汽车喇叭拍得好响。

"他妈的！"干货说，"我这一生一世最最开心的就是今天！"

车过华中路那家大超市时，干货的女人忽然要干货陪她去转转超市。

超市里人很多，是人挤人，干货他们就人挤人地看来看去，干货女人看到什么都要问一下，底气像是一下子就十足了，这底气就是他们现在有了两万，那两万明明白白是他们的了。干货的女人甚至拉着干货去看了一下仿皮大衣，仿皮大衣最便宜也得五千一件。而干货的女人居然说："咱们一下子就可以买四件！"其实她什么也不舍得买，一件过年可以穿的上衣才要两百多，她看了又看，还试了一下，最终还是说过了年天就要热了，明年再说吧。她倒是诚心想要给干货买一件仿皮的上衣过年穿，干货却执意不肯，说小北上学到处要钱。

转到最后，干货女人执意要给干货的老妈买一身保暖内衣。

干货小声对老婆说："你这是想讨好我还是想讨好我妈？"

"我高兴讨好谁就讨好谁。"干货女人说。

干货说随你讨好谁都行，谁让老子今天高兴！

"看看你，我姐还在呢！"干货的女人指指走在前边的姐姐小声说你想给谁当老子？

"你说我什么时候一下子搞定过两万！"

干货在自己女人耳边说。

干货的女人忽然在干货身上拧了一下，拧得干货一跳。

"你干什么你。"

"我看看是不是在做梦。"干货女人小声说。

"那我拧拧你。"干货说。

八

"干货干货——干建设！"

有人一边开车一边喊干货，把头从出租车里探出来说干货你这家伙到底什么时候请客？说话的是干货的师弟刘小乔，干货在出租车里说了句什么？谁也没听清，车一下就开了过去。刘小乔的车马上又赶了上来，刘小乔对旁边车里的干货说："发财发财！干货你发大财了！"干货在出租车里又摇了摇手，什么意思呢，没人知道。

干货的事，有些人知道，有些人注定不会知道。

人们已经知道了干货在车上捡包的事，这种事根本就无法保密。

但人们怎么会知道干货这两天忽然有些焦头烂额的感觉，事情的发展远比干货想的要复杂得多，那件事情并没有被他搞定，事情还在发展，而且是朝着对干货很不利的方向发展。让干货想不到的是那个电话里的男人居然就是画家白小石，白小石是市里的名人。白小石的愤怒远非干货能够理解，白小石觉得自己好像是受到了侮辱，他直接去了交通台，他和交通台的主持人高山是老熟人，那个寻包启事就是高山帮他播的，白小石接受了一次交通台的采访，因为愤怒，白小石说话十分不客气，十分尖刻，交通台不但做了采访，他们还把白小石请到台里做了一回现场直播嘉宾，这个现场直播节目在"社会万象"栏目里播出，这个栏目一直做得很火，栏目主持人就是高山，白小石在直播节目里不但批评干货，而且把出租车公司也都搭在了里头。为了这事，出租车公司的头头们都很不开心，快过年了，大家谁都不愿多事，这种事，一个愿打一个愿挨，原说不上怨谁不怨谁，所以公司的头头们也不好怎么表态，也不好做什么处理。

公司刘经理是干货的师哥，这天对干货说："要不你先回家休息几天！"

干货不敢发火，但话却也不那么动听：
"我休息谁给钱？你给？"

"你要注意影响。"刘经理说快过年了，最好别把记者给我闹到公司里来！

干货说我怎么就影响不好了，"有人给你好处费你要不要？"

刘经理瞪起眼睛说你急什么急？下边的话，没说。

"又没有法律规定不可以收好处费！"干货又说。

刘经理瞪瞪眼，把话还是说了出来："人家画家白小石也没有说错你，好处费天经地义必须由人家交给你才是，你怎么有权力事先就把那两万好处费拿走？"

干货的嘴一下子张得老大，不说话了。

关于干货拿好处费这件事，现在出了三种说法，这三种说法都被交通台炒得沸沸扬扬，一种说法是好处费必须是要经失主的手交给干货。第二种说法是干货自己先下手把好处费拿掉就等于是强取豪夺！第三种说法让干货最头痛，那就是说出租车司机根本就不应该拿人家的好处费！乘客一上车，所有带上车的财产必须由出租车司机来负责！新闻媒体向来喜欢多事，他们不惜添油加醋，只要收听率高就好，这么一来，干货为之服务的那家出租车公司上上下下都知道了干货捡包儿的事，而且这事越传越玄，有人居然说干货捡到的不是十万而是一百万，干货拿到手的不是两万而是二十万！其实干货捡包的事根本就无从保密，几乎是，任何司机都逃不脱自己的车牌号，就像任何一个人都无法摆脱自己的影子，你就是用根绳子把自己吊起来，影子照样还要掉地上。

"没事，拿好处费是应该的！"这天刘小乔又见到了干货，他想安慰一下干货。

干货觉得很尴尬，脸红红的不知说什么好，他真的不知道自己该说什么。

"给他八万不少啦。"刘小乔说要是我，十万都他妈放自己腰包。

干货不知道该说什么，脸上红不红绿不绿，是五花六绿。

"现在的事，拿到手才是你的，就应该这么做，别听他们乱说。"刘小乔说。

这回是干货说话了，他拍着方向盘大叫：

"都是我老婆做的事！我几时知道她事先把两万从包儿里拿了出来！"

干货这么大声说话的时候心里有说不出的难受，自己明明是在委屈桂玲，事先把那两万拿出来是自己的主意，这跟他女人桂玲没一点点关系。

"那是你老婆聪明！要是碰到个傻×老婆也许你一分都搞不到手，人就得聪明一点才好！"刘小乔说。

干货张张嘴，更不知道说什么好了。

"要不你歇两天？耳不听心不烦。"刘小乔说大家都是开出租的，嘻嘻哈哈什么话不说？

"操他妈的！"干货说。

干货这两天尽量躲着人，但又怎么躲得开。熟人追着他要他请客，说干货你这家伙发了财就鸡巴硬起来，怎么连人都不肯见了！既然发了那么大一笔财出点血又算什么？有人还说这一次请客说什么也不能再吃麻辣兔头，肉没多少骨头倒是一大堆，这回一定要让干货七凉八热好好点一大桌子，最次也得吃一回"楚天阁"的臭鳜鱼。

不但是工友，邻居们这些天见了干货也都眉飞色舞。

"两万不多，这是你，要是别人，捡了一百万也许都会一声不吭！"邻居对干货说。

干货现在出车的时间更早，天不亮就出车，到了晚上，很晚才收车，他这样做就是怕碰见熟人。中午的时候，他也不敢再去顺城街北面那家小面馆吃面。那天他要了一碗面正在吃，小面馆的老板兴冲冲走到他的桌边说：

"好家伙，你个狗东西，二十万刚好是一套五十平米的房子！"

一口面条儿卡在干货的喉咙里，吐吐不出来，咽咽不下去。

"要是去洞天宾馆干事，得两千多次！"小面馆的老板还笑嘻嘻开玩笑。

干货喝了一口面汤，喉咙里"嗯噜嗯噜"两声，一口面好容易咽下去。

"哪个有二十万！"

干货跳起来，一张脸憋得通红，像是要打架。

"你他妈说谁有二十万！"

九

这天晚上干货收车很晚，有人在楼下等他，黑咕隆咚吓干货一跳。让干货想不到的是这人竟然是交通台的著名主持人高山。高山也不知是怎么找到干货家的，高山人很年轻，但满脸皱纹，人精瘦精瘦的，穿着小夹克，毛领子竖着。交通台现在实行广告承包制，工资都从广告费里出，所以他们特别忙，节目做得也特别火。

"我给你打过好几次电话。"高山说干师傅你总是关机。

这两天给干货打电话的人实在太多，干货嫌烦，干脆把手机关掉。

干货要请高山上去，说上去喝点茶？怎么能让你在下边站着？

高山说自己刚才按了门铃，"你们家里人说你马上就会回来。"

"上去坐坐。"干货说。

"不了不了。"高山说时间也不早了，就在下边简单说几句。

干货不知道高山要说什么，要和自己说什么？

"我们想请你到台里做一次嘉宾，你也把自己要说的话说说。"高山说。

"我说什么？"干货忽然生起气来，说这种事有什么好说，"那个白小石应该给，我并没多拿，他什么意思，出租车司机又不是强盗！"

"所以才想请你去做一次嘉宾。"高山笑着说，一笑一脸皱纹。

干货让自己不要生气，但他又拿不定主意，"是不是白小石也去？"

"你是不是想两个人同时说？"高山说如果这样他们可以特意安排一下。

"我就一个人说！"干货说在一起难免面红耳赤。

高山笑了一下："白小石的节目你听了？"

"他说得不对！"干货忽然又激动起来。

"你可以表明你的态度。"高山说我们就是这么个意思。

"那钱是应该得到的，他答应过给两万好处费，我又不是拿了三万，又不是拿了两万五，说两万就是两万，我一分也没多拿，他这会儿到交通台说三道四，要是一分钱都不拿他还说不说那些话？"干货说他不该那么说，说什么强取豪夺？把出租车司机说得活像强盗！他不答应我会拿？

"对对对，"高山说就是要你到台里这样说，"话不说不明，快过年了，大家把话说明了心里也快活，听众心里也快活，大家都过个好年。"

"到时候我说家乡话行不行？"干货忽然说。

"咦——"高山看着干货，笑了一下。

"我说家乡话好不好？"干货看着高山。

"你普通话讲这么好，为什么要说家乡话？"高山说还是普通话大家听得明白。

干货的脸红了一下，但他还是答应了高山，去交通台做一次节目。

时间已经很晚了，高山说我这就先告辞了，我家离这儿不远，谢谢你答应合作！

干货现在很少跟人握手，握着高山的手，干货说："我天天听你的节目，想不到你这样年轻，我最喜欢你主持的节目。"

高山说自己这几天有些感冒，嗓子不好，今年的供暖成问题。

"到时候我不会说话怎么办？"干货忽然又有这样的担心。

"平时怎么说到时候你就怎么说，录音室里又没人看你，就你我两个人，时间又不长，只十分钟。"高山说到时候我会提问，一个问题一个问题地问过来，冷不了场，要是出现了冷场就把音乐及时插进去，你不用担心，什么时候卡住什么时候就插音乐。

"可不可以先给我看看都是些什么问题？"干货说。

高山就笑了起来，高山一笑又是一脸皱纹，"我看你很老练。"

干货不好意思对高山说自己当年在色织厂当过业务科长，当年搞业务自己什么人没见过？当年不但常常和报社的人打交道，还常常七七八八地接受些小采访，只不过厂子现在不在了，地皮卖光了，工人连一分钱也没有，养老保险也无处去交。要是采访这些，干货想自己也许会说得更好。

"到时候你就在心里想是面对着白小石说话。"高山说。

"好！"干货说真理又不是他的。

高山就又笑了起来，说这"真理"二字就不是任何人都能说得出的，现在许多人连这个词都不知道了，你对人家说"英特那雄耐尔"人家还会以为你是在讲运动鞋品牌，或者是运动衣品牌，或者是男性保健品。

干货的手机这时响了，他刚才把手机随手

开了，是一连串尖厉的鸡叫。

"用不用来接你？"临走，高山又客气地说这是台里的工作车，方便的，又是顺路。

干货把高山送出院子，院子里的路灯亮着，白白两个球，有人在灯下遛狗，狗在欢叫，不知得了什么好东西，仔细看，还有一只狗，是两只。

送走了高山，干货慢慢上楼进家，干货女人问干货站在楼下做什么？"冷飕飕的。"

"交通台的高山来了。"干货说在楼下说了一会儿话。

干货的女人居然也知道这个高山，她紧张起来，"找你做什么？刚才按门铃的是他？"

"要我去做嘉宾，去说说那两万的事。"干货说自己还没定。

"去，那还不去！"

干货的女人这几天也火火儿的，熟人们见了她总是问好处费的事，问她到底是拿了两万还是二十万？她越说是两万，人们就越相信那是二十万。她要是说是二十万呢，人们又都会说那不可能！怎么可能一下子给你二十万，你又不是他老母！他又不是傻×！

"操他妈的，想不到这么多事！"干货说简直就是跟了鬼！

十

干货的女人把干货要上交通台做嘉宾的事几乎告诉了所有的亲戚和朋友，这对她来说是件从来都没有过的大事。干货呢，也把这事告诉了许多出租车司机，要他们到时候一定好好儿听听，好像是，他们已经和干货紧紧团结在了一起，好像是，他们都已经和干货成了一个战壕的战友，他此刻去交通台做节目倒像是去战斗。为谁去战斗？难道是为捡了人家的钱而拿好处费去战斗？这么一想，干货的心气就一下子瘪许多，像吹鼓的气球一下子泄了气。干货忽然觉得自己怎么会这样？自己从小受的教育是"我在马路边捡到一分钱，把它交到警察叔叔手里边"。自己是为了什么？为了讨论好处费该拿不该拿？想来想去，干货觉得自己完全是为了高山才去的交通台，要不是高山那么晚在楼下等他他才不会去。再想想，干货觉得这个理由也未免太勉强。

去交通台做节目的头天晚上，干货的母亲突然气喘吁吁地来了，从一楼一直气喘吁吁上到六楼，干货的母亲当了一辈子教员，虽然七十多了，但脑子硬是像年轻人一样好使。

干货的母亲进了门，一坐下来就说这种事你还怎么好去广播台丢人现眼。

"你以为你做了什么光彩的事情？"

"也不丢人吧？"干货说现在都这样，时代进步了嘛，我又没去抢人。

"捡了人家的东西就得给人家，什么进步不进步？再进步下去是不是抢人也有道理？"干货的母亲说话从来都是这样，一下子说到问题的关键上，从来都不给儿子留面子。

"时代已经变了，不是您那个时代了。"干货说这是经济时代。

"我看是混蛋时代！"干货的母亲说首先你就很混蛋，你在家里混蛋不说，还要去交通台说混蛋话，经济时代就不要脸啦？

干货的女人桂玲怕婆母生气，忙倒过水来，说："黄老师，喝水。"

干货的母亲是桂玲的老师，结婚后桂玲硬是改不过口来，就一直"黄老师""黄老师"地叫着，一直叫到小北长这么大。

干货母亲继续说话："捡人家的东西还给人家是天经地义，从小我怎么教你？"

"现在哪个不拿好处费，我把车开来开去给他送包儿，油钱哪个给出？"干货说总不能我把钱再倒贴上？我又不是傻×！再说我也不愿当傻×！

"我反正来过了。"母亲说我七老八十了也还懂得什么对什么不对，话反正是我给你说过了，你活八十岁也是我儿子，我也得教育你，你怎么教育小北我就不得而知了，你难道教育他捡到东西就先给自己分一半儿？

干货忽然说不出话来，心里有些沮丧，母

亲的话算是说到根子上了，谁说母亲已经老了。

"我就不信你教育你儿子捡到东西就先给自己分一半儿！"母亲又说。

干货的女人桂玲也说不出话来了，她让婆母喝水。

"还有人捡了东西一声不吭全拿了呢。"干货小声说。

"那你就更不是我的儿子了！"母亲说你还是没有吃过大亏！

为了转移婆母的注意力，桂玲打开了沙发旁边的那台老旧的电视机，电视机太老了，模模糊糊什么也有但就是什么也看不清。但婆母的注意力没给转移开，她对儿子干货说："把钱退给人家！就当你拿出钱来买清白，就当你是在帮助穷人。"

"我还是穷人呢！"干货忽然要吼起来，他想起用平板车拉着母亲到处跑的事，那时候怎么没人帮助他们？那时候怎么没人给他一分钱？逼得自己把老子留下的《辞海》都卖掉，那本书他老子翻了一辈子，碰到什么问题都要先找那本书请教一下。

"你别跟你妈叫板，这事我反正说过了，我做母亲的也尽到责任了，我当一辈子教员就是要教人学好，学好学不好你看着办吧。"干货的母亲站了起来，她执意要回去，临出门的时候她又对干货说，"你就算是给小北做个好榜样也划得来，他听老师在课堂上说一万句也没有你给他做一次榜样来得好。你总不能教他捡到东西自己先往家里拿！到最后吃大亏还是你自己！你吃亏倒不要紧，你不要让小北吃亏，吃大亏！"

干货开车把母亲送回了家，母亲住的老房子马上就要拆了，但又不知道去什么地方找钱买分给她的新房，那套新房要十五万，这是最低的优惠价，干货的母亲说我连一万都没有还说什么十五万，现在母亲的主意是把房本卖掉，卖房本只得九千，连租房子的钱都不够。干货和母亲一路无话，心里七上八下。

夜里风大，路边松树左右乱晃，有东西从树上掉下来，"噼噼啪啪"。

"你非要去我也不拦你，你到时候要讲人话！"

下车的时候，干货的母亲对干货说。

干货要扶母亲迈那个台阶，周围一片漆黑，邻居们差不多都搬走了。

"我一时还死不了，我自己走！"母亲牛了气。

干货听着母亲进了家，他在外边站了好一会儿。

十一

干货想不到交通台的录音室会在展览馆的二楼，虽然安静，但多少有些冷清。

录音室角落那盆老大的三角梅光有叶子没有花，它们也在静静等待着春天的到来。

干货的女人桂玲专门给干货泡了一杯浓浓的菊花茶，要他带到录音室里去喝。

干货的担心其实是多余的，一坐在交通台的播音室里，把那个耳机往脑瓜上一挂，干货居然什么都不怕了。高山是多年的主持人，他知道怎么开这个头，怎么才会让干货不紧张。高山一开始和干货说了些家长里短，一边说一边笑，一笑又是满脸皱纹，偏那皱纹又好看，一道一道向四面铺开，让人觉得特别可亲，人还是年轻好，人年轻了，居然连皱纹都好。高山和干货说了一阵子别的话，然后才说咱们先试试，谁知道其实已经悄然开始了。高山要干货讲一下在车上发现包儿的过程和感受。干货先把那个花里胡哨的年轻人给略了去。只从自己主动给白小石打电话联系说起，他说自己是怎么说，白小石又是怎么说，三言两语，干货就激动了起来，说这种事怎么就可以说是强取豪夺？事先说好了的事情，好处费是两万，自己又没有拿他两万零一，多一分钱也没拿。

"现在抓逃犯政府都给赏金呢，赏金是什么？赏金不就是好处费。"干货说。

"说得没错。"高山说是这么个意思。

干货的口才忽然好了起来，"什么鼓励最有力，就是好处费！"

高山忍不住笑了一下，这种话他不好做点评，只说："请继续。"

干货说到最后反而平静了下来，干货说白小石之所以那么激动，而且还说了不该说的话主要是他也许压根就不想把那两万好处费给出去，所以他才会那么愤怒。

"怎么见得？"高山在一边说。

"他自己心里知道，不关别人的事。"干货说。

"那你认为好处费应该不应该给，应该不应该拿？"高山说。

这句话既好回答又不好回答，但干货回答得很好："那要看情况而定。"

"怎么看情况而定？"高山希望把话引向深入。

"比如说人家的钱是要用来看病救命你就不能拿。"干货说给你你也不能拿。

"如果不是看病救命的钱是不是就应该拿？"高山说。

干货忽然答不上来了，他忽然好像看到母

亲就坐在对面，正在对他挥着胳膊愤怒地大声说话："捡到人家的东西就要还给人家！我就不信你教育儿子捡到东西先给自己分一半儿！"

"去年我母亲病了，你不知道我那个急。"干货说，有些走题了。

"所以捡到人家看病救命的钱不能拿好处费。"高山说。

"对。"干货说。

高山要干货在节目即将结束的时候再说一句话："总结性地来一句，把你的想法概括一下好吗？"

"好处费该给就给！"干货想了想，摇摇头，又改一字："好处费该拿就拿。"

"先拿还是后拿？"高山说。

"先拿后拿都一样。"干货忽然有些紧张，说总之是拿。

"今天就到这儿吧。"高山说，笑了一下，这句话又是不便点评的。

干货已经出了满头大汗，他觉得这不像是自己在说话，而是另外一个人在说话。要是再说下去，干货觉得自己也许就要晕倒了。至此，那两万块钱带来的欢乐已经变成了烦恼。

这几天，干货一直在失眠。昨天晚上尤其厉害，失眠是什么样的？失眠的时候人的脑子就特别清亮，而且是越来越清亮。昨天晚上，干货躺在那里，附近什么地方在"哗啦哗啦"搓麻将，那声音是越来越亮，越来越响。

"哗啦哗啦、哗啦哗啦。"

"这么晚，谁还在打麻将？"

干货女人忽然在暗里小声说，她也睡不着。

干货开灯看一下表，都后半夜三点了。

猫叫了一声，过来了，轻轻一跃跳到了被子上。

"操他妈的，也许还是我老妈对！那两万根本就不该拿！"干货小声说。

干货的女人在暗里张张嘴，她不敢告诉干货，她已经动用了那笔钱，她给自己的婆婆"黄老师"买了一身保暖内衣，给自己的姐姐买了一件羽绒衣，她还给儿子小北买了一个"爱母屁三"，小北唱歌需要个这东西，正月十六小北参加最后的决赛要唱一支新歌，按规定唱原来那首《东风破》也行，但小北执意要唱一支新的，这支新歌还是周杰伦的。这两天东方电器城正在搞促销活动，干货的女人还买了一台二十四寸东芝彩电，只不过暂时还没搬回来，她想等过两天刷完房子再把它搬回来。干货的女人在暗里算了算，她已经动用了八千多了。那两万还剩下不到一万四千块钱。那剩下的钱干货的女人准备不再动，她要给儿子攒起来上大学用。

"钱难挣，屎难吃"！干货女人忽然想起了这句话。

十二

干货去交通台做嘉宾之后的第三天，高山又给他打来了电话。

高山说白小石今天还要来台里再做嘉宾，"到时候请你再听听？"

"他还要说？他说什么？"干货说。

"你也可以再说说。"高山说电视台跟你联系上没？

"不行不行，那可不行。"干货说这事还上电视台，更闹大了吧？

干货觉得这事是越搞越邪了，还有完没有完？他开始有点后悔拿了那两万块的好处费，这两万块钱真是快把人搞得烦死了。

干货这天没出车，他把家里听都没人听的小半导体收音机找了出来，他想躲在澡堂里听听广播。平时洗澡，干货总是喜欢到离家不远的小澡堂，这一次，他去了北斗路，他想自己也该享受享受，北斗路的澡堂很大，在里边洗澡可以免费吃两顿饭，饭菜可口不可口是另一回事，只要你愿意吃就行。干货进去了一下，五六分钟后又从里边出来，他舍不得那三十八块钱，还是去了北斗路另一头的小澡堂，这小澡堂，洗澡只需五元，再加一个搓澡是十元。买澡牌儿的时候干货想了想，还不如自己给自己搓，慢慢搓一下午也不会有人管，也算是一种休息，便只买了五元的澡票。要在平时，他总是喜欢约了刘小乔一起洗澡，都多少年了，两个人在一起洗澡有多少乐趣，说说公司里的事，说说路上的事，再互相把背搓搓，然后再躺到那里喝喝五毛钱一包儿的茶。澡堂里的茶虽粗枝大叶却别有一番风味，好像那风味只有澡堂里才会有，要去别处喝就远不是那么回事。

从池子里出来，干货便躺在那里听广播，他把半导体的音量拧到最小。

过来一个小姐问干货要不要服务，干货只推说刚刚在别处被服务完，已经没那个劲了。

小澡堂里没几个洗澡的人，旁边有人在足疗，一只大脚被捧在按摩师的手上。

干货是个时间观念特别强的人，打开半导体，正好是"社会万象"节目，这个节目只有十分钟，想多听也不可能。做这种节目，没有不开门见山的，才听几句，干货就一下子坐了起来，广播里白小石的话让他再也无法躺在那里，他看看四周，四周倒没有熟面孔，但干货的脸还是烧起来，他想此刻应该有许多自己的熟人也在听这个广播，这些熟人里边包括那些出租车司机，除了他们，干货还想到了自己的母亲，母亲好像已经生了气，正坐在对面挥着胳膊在骂自己。还有更多的熟人，他们此刻也许也都正在听。

干货的脸上一阵阵发烧。

广播里高山的嗓音的鼻音更重了，也许他的感冒又加重了。

高山在广播里说，我们关于出租车司机拿好处费的节目到今天已经做了整整四期，今天我们又请到了我市著名画家白小石先生，白小石既是当事人，又是著名的青年画家，他看问题的角度可能与我们有所不同，我们的初衷是，通过这次讨论，让我们的精神生活和社会环境变得更加清明更加健康，所以，也希望广大听众朋友们参与进来。高山的话不多，是个引子，但白小石根本就没有顺着这个引子来，白小石一开口就说马上就要过春节了：

"今年的春节是二月六号，过了春节很快就是三月，三月里有个很重要的日子。"

白小石这么一说，连高山都不知道白小石要说的重要日子是什么日子？

高山插了一句："是什么日子？"

"3·15啊。"白小石说这个日子关系到老百姓的生活。

高山在广播里笑了一声，说我们台正在准备今年的"3·15"节目。

"是我把这个节目提前了。"白小石说。

"打假应该是时时刻刻的事，准确说应该是天天'3·15'。"高山说。

白小石说"3·15"打假用什么打？就是用真实打，什么是假，假就是邪恶！

高山没听明白，问了一句："是'正义'还是'真实'？"

"当然是真实，真实的东西一出现，伪装不攻自破！"白小石说。

接下来，白小石一下子便把话引到了干货的身上。白小石举出了三点，一是干货为什么要伪装？为什么不真实一点？既伪装自己不是司机，还伪装说是替朋友办事。二是干货居然还用一口家乡话骗人，这种伪装是什么用意，他还伪装自己是刚刚来本市开车的司机。第三，干货为什么打一个电话换一个地方，鬼鬼祟祟，怕什么！这说明干货的心理是阴暗的，见不得人的。白小石说这次他来做嘉宾不想多说什么，好处费的事，自己再表一下态，是应该给，但是，还是那句话，不要把金钱看得太重了，中国是礼仪之邦，礼仪之邦之所以是礼仪之邦就是办事要有规矩。白小石说这些都不说了，白小石说自己并没因为那两万块钱愤怒，而是因为社会的不良风气而愤怒，人家坐你的车把包掉在你车上，你就应该找到失主把包送还给人家，你一会儿这样，一会儿那样，一会儿说自己是卖水果的，一会儿说自己是刚刚从外地来本市，一会儿又说自己是为了朋友办事，还不就是为了那两万块钱好处费？而且，还违反了游戏规则，自己在把包儿交到失主手里之前就把那两万装了自己腰包！

"利欲熏心!"

白小石用这四个字一下子把话刹住,说自己不想再往下说了,"请听众朋友们自己分析一下。"

高山也想不到白小石的谈话会如此简短,他想请白小石再说些什么。

"我倒想听听那位干师傅还有什么话要说。"白小石说。

因为节目做得比预期的时间短,高山只好把音乐插进来,是花儿乐队的歌,咚咚锵锵,又跳又蹦,快乐得无边无际,快乐这种东西在人们快乐的时候是会给快乐之上再加上快乐,但如果在人们不快乐的时候那快乐只能让人更加不快乐。

干货觉得自己的脑袋是不是要爆炸了。

"叭喳"一声,干货手里的小半导体收音机已经在地上变成了若干碎片。

躺在那里做足疗的客人被惊得一颤,不知道发生了什么事情。

十三

干货决定了，把那两万块钱马上还回去。

"还回去！还回去！还回去！"干货对自己女人说。

干货为了那两万块钱差点儿和自己女人吵起来。

干货的女人自知理亏，也不敢再说什么，好在动用那两万块钱买回来的东西都还放在家里，干货女人原准备过几天再把给婆婆和姐姐买的东西拿出去，现在只好大包小包地忙着再把东西退掉，免不了和超市的服务员说一大堆好话，好在那些东西都还没拆包装。只是那东芝牌电视机要退比较麻烦，要商店经理签字才成，但那经理出差还没回来。最后还是找了熟人把那台东芝给了顾客，一再解释是买了还没拿走，连包装都没动。只是那个"爱母屁三"早被小北下载了许多歌曲挂在脖子上听了好多天了。但干货还是凑足了两万块钱。

这天早上，才八点半多，干货已经收拾好了，他要他女人桂玲快点儿，这时候电话响了。

"是你姐，你姐。"干货女人接了电话，小声对干货说。

干货接过了电话。

"老四，妈住院了你知道不知道！"姐姐很大声地在电话里说。

干货听得出来姐姐的语气不对头，这让干货很恼火，他也不愿母亲生病，再说母亲生病也不能怨他。干货的声音就大了起来，他问姐姐是怎么说话？倒好像妈的病是给自己弄出来的。"病就病吧，谁还不病！"

这句话一出口，干货忽然有些后悔，这算什么话。

"妈这回是心梗你知道不知道？"姐姐在电话里说，还不是那天爬你家楼梯累的。

干货就又火了起来，怎么偏偏是爬我家楼梯得心梗？妈得心梗我怎么知道？我又不是大夫！

"医院要押金，今天就让送押金。"姐姐

又在电话里说。

干货说要押金是大家的事，我又不是老大，你知道不知道我是老四。这事你跟老大说，到时候该我出多少我就出多少，我一分也不会少出。

"听说你一下就得了二十万好处费。"干货姐姐的声音在电话里忽然变得好听起来，姐姐在电话里说你一下子拿那么多钱又花不了，你就拿出些出来给妈看病。

干货忍不住又要发火，他问姐姐在什么地方。

"我和大哥在一起。"姐姐说妈还没住院呢，正准备住。

"那你们就让妈住吧，我去不了，但该出多少钱我一分也少不了。"干货说我是得了二十万好处费，但我这二十万就是不愿给咱们家人花一分！

电话里突然没了音，一点点声音都没有了。

隔了一会儿，干货听姐姐在电话里低声说了一句："毛驴。"

"我就是毛驴！"干货大声说。

干货女人站在一边一句话也不敢说。

"我就是毛驴！"干货又说。

干货的姐姐在那边把电话放下了。

"我就是毛驴！"干货又大声说我要是毛驴就好了！

"可惜我他妈的不是毛驴。"出门的时候干货又小声说。

"戴上手套。"干货的女人小声说外边冷。

"我什么时候戴过手套？我他妈一个开车机器哪会那样娇气！"干货说我他妈现在是要多倒霉有多倒霉！买车借的钱还没还掉，这又要钱！

干货去了交通台，干货要自己的女人在车上等着，说自己马上就下来。

干货穿着他那件铁锈色的羽绒衣，毛领子乱糟糟的。

交通台在展览馆的二楼，展览馆平时没有展览前门就不开，要进展览馆只有走后门。展览馆的旁边是公安局，两座楼之间的夹道风很大，人往里边走，风就从屁股后边往前吹过来，好像是在推着人走，往里边走的时候，干货看到那边的蜡梅已经星星点点地黄。上了二楼，这时候还不到播节目的时间，高山和台里的几个同事正在播音室旁边的屋子里吃一只榴莲，榴莲的味道很冲，这一阵子，街上到处是花花绿绿的热带水果，让人觉得这简直就不像是冬天，这个冬天有些古怪。

高山看到干货了，忙说："咦，快进来快进来。"

屋里人多，干货摆摆手示意让高山出来一下。

高山让干货跟自己去另一间屋子里说话，"昨天的节目你听了吧。"

"听了。"干货说，把那个大信封从口袋里取了出来。

高山看着干货，不知道他要做什么。

干货脸忽然红了，说两万块钱一分不少都在这里。

高山忽然又"咦"了一声，"拿好处费其实也没有什么错。"

"还给他！"干货说这两万我拿不了，我还想老婆孩子开开心心在一起过个年，还有我母亲。

高山说你把钱拿到这儿算什么？"交给白小石？"

干货忽然想起了母亲的那句话，"就当拿钱买清白！"干货说我不想见那个白小石，"就把钱放这儿吧，买个清白！"

"你就是拿也是清白的，好处费又不是只你一个人的事。"高山说只不过你碰到的人是白小石，什么事只要碰到较真的人就得麻烦一阵子，两万块钱得吃多少红烧肉！难道你连肉也不想吃了？高山想开个玩笑，说今年的肉价可是最贵，你吃不了我帮你吃，我最喜欢吃毛家红烧肉，我老婆是湖南人。

"这是整两万。"干货说。

"真要我们转给白小石？"高山说。

"用钱换清白。"干货说我这是用钱换清

白，"清白！"

高山笑了一下，说这可真是新闻迭出，又一个高潮，又要热闹一阵子。

干货忽然说："好不好再做一次节目？让人们也知道出租车司机并不像他说的那样活像个强盗。"

"再做一次？"高山说。

"再做一次行不行？"干货说。

高山说："节目什么时候都可以做，但你要想好了你到时候怎么说，说什么？"

"是啊，说什么？"干货说，好像是问自己。

"对，你说什么？"高山说总不能只简单播一下说你把好处费又退给了失主。

干货说我只想要让大家知道这钱我不要了，"以后再说什么都与我无关！"

高山说咱们在下边可以这么说，要是到了广播上，就要说出个为什么？比如，你的想法怎么改变了？你是不是认识到好处费不应该要？还是你另有其他想法？

"我祝他以后千万不要把包再丢了！丢东西的人其实最最缺德！让他再丢一次试试！"干货忽然激愤起来，"让他再丢一次试试！看看还会不会有人给他？"

高山把旁边的电话轻轻拿了起来，对干货说要不你和他说两句？"我这就给你把电话拨通，你们沟通沟通？"

"不不不！"干货摆着双手说钱都在这里了，"我还给他了，没关系了！"

干货一离开，高山就马上给白小石去了电话，说那个干师傅把那两万块钱刚刚送到台里来了，人家表示不要了，请你来把钱取一下怎么样？白小石在电话里颇感意外，说怎么回事？我也没让他把钱送回来。好处费我是一定要给的，我怎么可能把它收回来？我对他们的意见是做什么都不应该没规矩，除此之外我没别的意思，我不是那意思！我画一张画十万就又回来了。

"可是人家已经把钱退回来了。"高山说。

"那我也不可能把钱再拿回来。"白小石说。

"钱这会儿就在台里。"高山又说。

"钱是出租车司机的,与我无关。"白小石又说,好像突然生了气,但他的口气忽然又缓和了一下,"你要的画我还是要给画的,午前就给你。"

十四

下午的时候,干货的姐姐又来了电话。

干货现在的心情忽然松快多了,那两万块钱一交到交通台,干货的感觉像是从肩膀上放下了几千斤重的一个大包儿。姐姐在电话里还没说话,干货就说自己马上就去医院:

"刚送一个乘客去机场回来。"

干货想不到姐姐在电话里小声说:

"我给你打电话就是要让你别来,妈没大事,你别来。"

干货又不懂了,姐姐怎么倒让自己不要去

医院？

"你们那个刘经理的妈也是心脏病，正住在妈的旁边。"干货的姐姐说。

"在一个病房？"干货说。

"床挨床。"姐姐说你过几天再来，等她出了院你再来。

"那为什么？"干货说你是在什么地方打电话？

"你来了还不得给她钱？"干货的姐姐在电话里小声说我从病房出来了，我是在外边打电话，你们公司好多人都来过了，你要是来了最少还不得给人家三五百？

干货想了想也是，不去那钱也就算省下了，快过年了，这里要钱那里要钱的。

"你别来，等你们刘经理的妈出了院你再来。"姐姐在电话里说。

"那得等几天？"干货说。

"妈现在没什么大事，上了不少仪器，大夫不让动。"干货的姐姐告诉干货弄不好母亲这次要心脏搭桥，再次也得做支架。就等着血压稳定了再说。姐姐又说一个支架就得两万多，国产的也得要一万六，就是不知道得做几个支架，要是做搭桥那就是大手术了："这么大岁数还不知道医生到时候给做不给做。"

"还是不做的好，这么大岁数了。"干货说。

干货的姐姐说："做支架倒是小手术。"

又过了不长时间，干货又接到了姐姐的电话，姐姐在电话里说老四你快来医院吧，你不来不行了。姐姐说话从来都是这样咋咋呼呼。

干货给吓了一大跳，干货说话的声音都变了，"不可能吧，妈是不是？妈怎么啦？"

干货的姐姐说妈没事，是你们刘经理来了，给妈留了三百块钱。

"你吓死我了！"干货说。

"这回你又亏了。"干货的姐姐说。

"亏什么？"干货不明白姐姐又在说什么？

"人家给咱妈三百，你还不得给人家五百？"姐姐在电话里说这种事总是后给的人吃亏。

天黑之前，干货去了医院。

干货想不到医院的监视室其实不是个病房，而是心脏内科走廊尽头截出来的那么个说病房不是病房的地方，干货数了数，一共有十个床位，都用白布帘儿隔着，干货先过到刘经理的母亲那里坐了一下，刘经理的妹妹认识干货，她正准备给她母亲喂饭，饭盒已经一个一个排开，她母亲也已经坐了起来，围嘴也围上了，干货不便多说话，问了问病情，又说一定要好好多保重，然后就把准备好的五百块钱塞到了刘经理母亲的手里。

干货母亲的病床和刘经理母亲的病床只隔一布帘。

干货一从刘经理母亲那边过到母亲这边，干货的大哥和姐姐就开始小声说干货把钱又送回去的事，说他是不是把脑袋傻掉了？脑袋傻掉了还有心呢，你连心也没了？干货的大哥说。干货奇怪才不到半天的时间，这事不知怎么人们都知道了？干货的大哥又用很小的声音对干货说你把那八万还给他们就已经够傻了，你怎么把人家给你的两万好处费又退给了人家？你他妈简直就是犯傻，想不到老四你原来是一个傻×！干货的姐姐也用很小的声音说现在真是好人做不得，你一开始就不应该给失主打电话，不如一开始就把那包儿给黑了，妈现在做手术得花多少钱，你说咱们到什么地方去找钱？一个国产的支架就得一万六，妈要是支三个四个支架你算算得多少钱？

干货看看躺在那里的母亲，母亲像是睡着了，闭着眼睛，胳膊上插着不少管子。

"要是动搭桥手术呢？听说要二十多万！"干货的姐姐又小声说。

干货一直不说话，他怕自己忍不住声音会大起来。

母亲这时却突然睁开了眼睛，说起话来。

"老四，妈都知道了，你把那钱还了人家是买了清白回来，你做得对。"

干货的大哥和姐姐忽然都不再说话。

"你们也不用发愁。"

　　母亲又把眼闭上，对干货的大哥和姐姐说我公费医疗到时候报百分之八十五，也花不了几个，学校怎么说都比你们厂子好。母亲又说我学生就在医院财务科，他会帮这个忙。你们不要再说老四，他做得对，要是等到吃大亏才学聪明就晚了，他这么做是他聪明。

　　干货看着母亲，母亲又睁开了眼睛，说我年前就出院，不用你们为我担心，我种的豆芽还在盆子里呢，你们给我回去换换水，要用温水，一天两次，比街上卖得好。

　　干货想问问大哥和姐姐是怎么知道的自己的事情，"怎么回事？"

　　"你现在都成了新闻人物了。"干货的大哥说下午交通台又播你了。

　　干货心想自己怎么就没想到听听，怎么这么快？早上刚刚把钱送回去，下午就播了？

　　"不过你还是个傻×，用两万块钱买'好人'两个字。"

　　干货的大哥用更小的声音对干货说。

　　"胡说八道！"不等干货的大哥再说什么，

母亲忽然又睁开了眼睛，说，"亏你还是个做哥的,难道让你兄弟用两万买'坏人'两个字！"

"做好人还不好！你未必想让我做坏人！"干货也忍不住了，声音大起来。

另一个声音却在干货心里说：

"但你未必就是个什么好东西！"

从病房出来，干货的姐姐对干货说："妈说过年想出院，医生说根本就不可能，医生连动都不能让妈动一下，说往起坐的时候都要千小心万小心。"干货的姐姐忽然又对干货小声说："你是不是真把那钱又退给人家了，退了多少，全退了还是只退了一点儿?

"一共才两万！"干货又要叫起来了。

"真都退给人家了？"干货的姐姐又说。

干货一步跨出电梯，没再和姐姐说一句话。

"毛驴！"姐姐在后边又小声说。

十五

干货这两天是天天失眠，他是越想让自己

睡着就越睡不着。

“别人想说什么就让他们说去，就当他们放狗屁！”干货的女人对干货说。

让干货感到失望的是人们这几天见到他的时候玩笑开得更大了，那两万块钱不知怎么现在已经被人们都说成是二十万了，这种事，简直是想解释都没法子解释，你越这么说，人们越那么说。人们都说干货这下子可大发了，退了两万，还有十八万在手里，养个二奶都够了。刘小乔那天在路上拦住了干货。

“咱们兄弟一场，你说个实话，到底拿了多少好处费？包里又是多少？”

“你说能有多少？”干货很生气地说。

“要是两万我想那个白小石也不会生气，两万现在还算个大数儿？”刘小乔说。

“你让我怎么对你说？”干货点了一支烟，想把心里的火儿压压。

刘小乔忽然觉得自己也有些好笑，自己问这些做什么？两万与二十万与自己又有什么关系？"这种事反正不太好，快过年了，别弄出什么大事就好。"

"你说多少？你说能是多少？"干货压着心里的火儿说就那鸡巴大一个黑皮包，你说能不能放一百万？一百万得这么老大一堆！

"问题是——"刘小乔说人们都说你在车上发现的是个蛇皮袋子，现在有钱人提款都是用脏拉吧唧的蛇皮袋子。

干货的头皮要炸了，眼前忽然黑了一下，马上又好了。

"谁说是蛇皮袋子？"干货说。

刘小乔说人们都这么说，这事情还能瞒得住谁？

"你相信我还是相信别人？"干货扔了烟头，上了自己的车。

刘小乔跟着他上了车，坐在他旁边。

"人们都这么说，人家一个画家，画一幅画就多少钱？还在乎两万？还会在交通台说那些个话？"刘小乔说建设你也别生气，比如说是我，我会不会为两万块钱生那么大气？连我都不会为两万生那么大气！别说人家画家，要是二十万，那就另当别论！

　　干货的嘴唇哆嗦起来，他不说话了，人气极了的时候往往没话，干货的手边正好放着把钣子，他刚刚拧了拧后边车牌上的螺丝，这时候那钣子一下子被他摸到了手里，刘小乔只看见干货一挥手，"嘭"的一声。靠驾驶座儿那边的玻璃已经变成了布满裂纹的毛玻璃，干货又挥了一下手里的钣子，又挥了一下，又挥了一下，"嘭、嘭、嘭"一连几声，那玻璃垮了下来，掉了下去，先掉下去一大片，然后又是一片，然后又是一片。

　　刘小乔赶忙从车上跳了下去。

　　"你这又何必？"

　　刘小乔忽然相信这事是怎么回事了，他陪着干货去重新换了玻璃。

　　"你就好好儿在家里歇几天，耳不听心不烦，过了年再说。"刘小乔对干货说。

　　"我还能把全家三口人的嘴都缝起来！"干货说再说我妈还在医院里躺着。

　　这天下午，公司的刘经理又把干货叫了去。前几天，刘经理已经和干货谈过话了，这一次，刘经理开门见山，干货一进门刘经理就对干货说好处费的事到底是怎么搞的？乱哄哄的，连电视台都要来公司给你做节目，还让不让我讨个好年？事情闹到这样大，到底是多少钱？一百万还是十万？一百万是一百万的性质，十万是十万的性质，一百万和十万不是同一种性质你干货知道不知道？

　　干货忽然奇异地冷静下来，他的手机修了一下又能用了，他没有回答刘经理的问题，却拨起手机来，手机没拨通，停了一会儿他又拨。

　　"你给谁拨？"刘经理说待会儿再拨好不好。

　　"我拨通你就知道了。"干货说。

　　"谁？"刘经理说。

　　"就那个画家，白小石！"干货说。

　　"你用这个拨！你用你自己的手机，谁知道你给谁拨！"刘经理说这里有电话。

干货把电话拨通了，生气让干货忽然有了百倍的勇气，电话里的白小石声音照样是睡意蒙眬，他问："你是谁，你找谁？"

"我就是那个司机！"干货说我就是捡你包儿的司机！

"咦？什么意思？"白小石在电话里说。

白小石在电话那边已经听出是谁给自己打电话了，但他不知道这个出租车司机为什么会把电话打过来。他只听见干货在电话里很快地说，语无伦次地说："到底是两万还是二十万，有人说我拿了你二十万，我只求你给我证明是多少万，而且那两万我已经退给了交通台，我只求你给证明一下！"干货的话特别快特别乱，干货说：

"请你给我个清白！"

"什么意思？"白小石说。

"没别的意思，钱我没拿，但有人说我拿了你二十万。"干货说我领导就在旁边，你对我领导说一句好不好？好不好？我妈此刻还在医院那边喘气！

干货把电话一下子杵给了刘经理。

电话里的画家白小石也冲动起来，"开什么玩笑！那包里一共才十万，我什么时候给过他二十万！"白小石在电话里说你们搞什么？什么二十万？

刘经理比较平静，他拿不准电话里的人是不是画家白小石，他看了一眼干货，问了一句：

"你是不是画家白小石？"

"我不是白小石我是谁？"白小石在电话里说。

"你电话多少？"刘经理说电话里我又看不到人。

"我是白小石，电话是13103428211！"

"你真是白小石？"刘经理又说。

"出什么事了？"白小石在电话里边说你们到底是什么意思？

"你到底给了我们公司出租车司机干建设多少好处费？"

"两万！"电话里的白小石说。

"你还不相信我……"干货站在旁边大叫

了一声，他是太激动了，觉得有一股子热气一下子从自己脑袋顶上冲了出去。

"你坐下你坐下。"刘经理说。

让刘经理大吃一惊的是干货并没有坐下，而是从对面朝自己一步跨了过来。干货想象不到刘经理居然连自己给谁打电话都不相信了，这太让人气愤了。但干货没有冲过来，他像是给什么绊了一下，身子晃了一下，"扑嗵"一声摔在了地上，让刘经理更加吃惊的是干货居然没马上爬起来，刘经理这才明白干货不是被什么绊了一跤，而是晕了过去。

"不至于吧？"

刘经理对从外边跑进来的人说。

"不至于晕倒吧？"

刘经理又对从外边跑进来的人说：

"干货这家伙根本就不是拿了二十万，干货只拿了两万好处费。"

刘经理又对从外边进来的人说，大声说：

"干货这家伙原来是清白的！"

这时候被搀在沙发上的干货又醒了过来，

他还算年轻，晕厥只是一小会儿的事，人们都听见干货用很虚弱的声音说：

"就连那两万我也已经还给他了。"

干货忽然在心里觉得这个白小石人很好，是个好人。

干货忽然放声大哭了起来，声音之大有些怕人。干货忽然觉得这就是个圈套，把自己死死圈在里边，圈套有各种各样，这个圈套不至于要了自己的命却让自己死不死活不活地难受！让自己又是打电话又是换地方，又是编造关于车祸的故事，又是让自己假装会说一口家乡话的出租车司机。而且，他和他女人还有他大姨子一下午还跑了那么多银行，把那十万块钱验了一沓又一沓，验了一沓又一沓，而且，为这事还害得自己母亲气喘吁吁爬了一回楼。母亲住院，也许真是与这次爬楼梯分不开。

干货哭得十分伤心。

十六

马上就要过年了，干货现在见了人不再说

话，别人要是再问起捡包儿的事，干货会一言不发，好像没听见，好像别人是在说别人的事，与他毫无关系。现在问这件事的人也少了，人们也顾不上，再有三天就是大年三十了，人们一个一个都很忙。

这一天，高山又给干货打来了电话。

"再有三天就是又一年了。"高山在电话里笑着说。

干货的心就又跳了起来，他不知道高山又有什么事？

"请你再来做一次嘉宾好不好？"高山开门见山。

干货说他再也不想说这件事了，"就当没发生过这件事好不好！"

高山笑了一下，说关于二十万传闻的事他已经从白小石那里知道了，这种事情是既好笑又让人无奈，所以有必要再到台里把事情澄清一下。

"我们也有责任，这是我们的责任。"高山说。

"不了不了！不了不了！"干货忙说。

"我觉得还是再做一次的好，因为更多的人也许真以为你是拿了二十万。"高山说交通台的影响有多么大你是想象不到的，再做一次，把真实情况告诉更多的人对你来说也不会是件坏事，"不是什么坏事吧？"

十货不说话了，因为车上没载客，他把车停在路边，给自己点了一支烟。

"怎么样，这也是我们的责任。"高山又在电话里说。

"让我想想。"干货说。

"你还想什么想？"高山说我都为你想好了，这么做对你最好。

高山既然把话说到这个份儿上，干货也不好再坚持，这事是有必要再在广播上说一下。

"那两万，你是不是拿回去？放在交通台也不好处理。"高山又说。

干货马上又急了，"不行不行！"

干货坚持那两万块钱已经与自己彻底无关，虽然医院那边定了，要给他母亲做心脏支

架，而且一做就是三个，三个心脏支架就是
六万，再加上其他费用一共需要十多万，但干
货说自己不会再要那两万！干货的女人桂玲对
此没有一点点意见，她反过来安慰干货，说就
是有天大的困难也不用怕，妈住院别人出多少
咱们也出多少，一分也不会少出，大不了砸锅
卖铁，只要身体好，钱再难挣也是人挣的。

干货对电话里的高山说要是换了你，"你
会不会把那两万块钱再拿回来？"

高山在电话里突然没了话，要是自己，自
己会吗？高山问自己。

"你会不会？"干货又在电话里问。

高山答不出来了，但是高山忽然有了解决
此事的好办法，"有了有了！"高山大声对电
话里的干货说他有好办法了！这几天，高山一
直在采访因车祸而要做换肾手术的中学生李百
胜。已经一个多月了，挣扎在死亡线上的中学
生李百胜的换肾手术已经受到了社会各方面的
关注，换肾需要大笔的钱，虽然社会各界都对
中学生李百胜伸出了援助之手，但手术费还远

远不够，让人们十分感动的是这个中学生在前不久竟然立下遗嘱，说要是自己换肾失败，就要把自己的角膜捐出去。

高山说干师傅你听着，这件事可不可以这样：

"就把那两万以你干师傅与白小石的名义捐出！捐给孕白胜同学？"

干货也知道中学生因为车祸要换肾的事，这几天他几乎天天都在车上听这件事。

"这么一来，大家是不是都很好看？"高山说。

干货想不到高山会有这样的建议，"那怎么不可以！"

"如果这么办，大家面子上岂不都很好看？"高山又说。

"当然可以！"干货的心里一亮，眼前亦是一亮。

高山马上就给白小石打去了电话，把这个主意对白小石说了，说马上就要过年了，咱们不如把坏事变好事，也算柳暗花明又一村，可

不可以把那两万以你和那个出租车司机的名义
捐给那个等着换肾的中学生。

"行!"白小石很干脆,说想不到那两万
块钱会有这么好的去处!

"可以吧,以你和干师傅的名义?"高山
说这样一来大家的面子是不是都很好看?

"当然可以。"白小石说。

"那就说好了。"高山说。

白小石说他这里根本就没问题,说他正在
画画儿:"还有什么话?"

"那就请你们两个一起来做嘉宾,把那两
万捐出去。"高山说。

"纸上的颜色要干啦!"白小石说。

"咱们定了?"高山说。

"定了!"白小石说。

马上就要过年了,干货想不到做节目这天
连电视台的人都来了,电视台一直想做干货和
白小石关于好处费的这个节目,却一直没有机
会,他们便抓住这个机会采访,他们在交通台

采访了一下干货和白小石，然后又跟着他们去了医院。摄像机随着干货和白小石来到了等待做换肾手术的李百胜同学的病床前，李百胜戴着口罩，脸色十分苍白。干货和白小石都和李百胜握了手，还说了几句话。节目时间不长，也就是十分钟，十分钟的节目已经是很长了。

这一次，干货没把做节目的事告诉那些出租车司机，干货的女人也没告诉他们的亲戚。但不少人还是看到了这个节目。

十七

这天下午，干货去医院看母亲，蜡梅开得很香。

刘经理的母亲已经转了病房，母亲病床旁边的床上又换了新的病人。干货的姐姐对干货说他们的母亲也要马上转到另外的病房去。干货的大哥坐在一旁却一直不说话，阴沉着脸，后来他跟着干货到了病房外边。

干货的大哥说："老四，别看你上电视去

风光，我看你怎么说还只是个傻×！妈这里动手术的十多万还没有着落，你倒把到手的两万捐给那个中学生。"

干货没说话，他想不出什么话来。

"你个傻×！"干货的大哥又说，"别看你在电视上看上去挺好看！但你是傻×！"

干货还是没说话，靠在电梯旁，看着他大哥。

干货的大哥又说："你那会儿把那两万捐给妈又未尝不可，就说是捐给退休老教员，你不说谁还会知道那是你妈！"

"你不说谁会知道那是你妈？"大哥又愤愤地说。

干货的大哥还说："就是知道妈是你妈谁又能说什么？"

干货还是不说话。

"那是你妈！"干货的大哥大声说。

干货苦笑着，他忽然觉得自己什么话都没有了。

"问题是，你都不懂得那是你妈！"干货

的大哥又要进病房里去了，他抽完了一支烟，把烟头一扔，进病房之前又说了一句：

"傻×！"

有许多人从电梯里出来了，干货赶忙让开，走到一边去。

干货走到电梯旁的窗子边，干货朝下望了望，好一会儿他才明白下边就是北斗南路，自己从小到大不知走了有多少遍的北斗南路，从上往望下去，下边的车可真是多，密密麻麻都是车，车都在慢慢动着，车壳子在冬日的太阳下闪闪烁烁，干货忽然想到了自己的车还停在下边，自己应该去挣钱去了，自己还站在这里干什么？干货没乘电梯，他一步一步往楼下走，他不知道自己今天开车还会碰到什么事。还会不会有个包儿落在自己的车上？要是真有个包儿再被乘客丢在自己的车上，自己又该怎么办？干货从住院处的大门走了出来，他忽然在心里对自己说要是真有个包儿再丢在自己车上，最好里边还是钱，而且是更多的钱，最好是几十万，哪怕是几百万！到时候自己一定不会再像上次那样东一下西一下地打电话，不会再像上次那样又是编故事又是讲连自己都觉着好笑的家乡话！

　　干货才在自己的车里坐好，有人过来了，问去不去北斗东路。"上吧。"干货说。

　　车往北开，再往南开，车上的音乐让干货忍不住笑了起来，又是花儿乐队的歌，咚咚锵锵，又蹦又跳，快乐得无边无际！干货此时的心里不是快乐，而是松快，特别松快，他的心情好像从来都没有像今天这么松快过，也好像从来都没有像今天这么难受过。

　　有什么在车外一闪，是那个牌子，牌子上写着：

　　驰向北斗东路

图书在版编目(CIP)数据

我本善良/王祥夫著. — 福州:海峡文艺出版社,
2024.6
　(独角马中篇轻读文库)
　ISBN 978-7-5550-3751-4

Ⅰ.I247.5

中国国家版本馆 CIP 数据核字第 2024C7C935 号

我本善良

王祥夫　著

出 版 人	林　滨	
责任编辑	陈　瑾	
特约编辑	刘晓闽	
出版发行	海峡文艺出版社	
社　　址	福州市东水路 76 号 14 层	
发 行 部	0591－87536797	
印　　刷	福建新华联合印务集团有限公司	
厂　　址	福州市晋安区福兴大道 42 号	
开　　本	787 毫米×1092 毫米　1/32	
字　　数	87 千字	
印　　张	7	
版　　次	2024 年 6 月第 1 版	
印　　次	2024 年 6 月第 1 次印刷	
书　　号	ISBN 978-7-5550-3751-4	
定　　价	28.00 元	

如发现印装质量问题,请寄承印厂调换